# HAVIK

Marco Kamphuis

# Havik

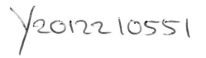

WERELDBIBLIOTHEEK · AMSTERDAM

De auteur ontving voor het schrijven van deze roman
een werkbeurs van het Nederlands Letterenfonds

Omslagontwerp Nico Richter
Omslagillustratie © Mark Owen / Trevillion Images

Uitgeverij Wereldbibliotheek bv
Spuistraat 283 · 1012 vr Amsterdam

www.wereldbibliotheek.nl

isbn 978 90 284 2494 4
e-boek 978 90 284 4033 3

# 1

Oma greep de hand die mijn vader haar vanaf het perron reikte en stapte uit de trein. Terwijl mijn vader zich over haar koffer ontfermde, boog ze zich voorover – 'Dag ventje' – en bood me haar wang, die ik gedwee kuste. Als echte dame reisde oma met wandelstok en hoed. Ze gaf me haar stok in bewaring en liep aan de arm van mijn vader naar de uitgang van het station. Nadat ik mijn lippen met de rug van mijn hand snel had afgeveegd, sleepte ik me achter hen aan, totdat mijn vader zich omdraaide en kortaf zei: 'Niet met die stok spelen.'

Oma zat voor in de auto, met haar hoed op schoot. De eerste minuten van de rit naar Driekerken leunde ik ongemakkelijk naar voren, met mijn knieën tussen de stoelen, voor het geval ze het woord tot mij zou richten. Daarna schoof ik terug op de achterbank.

Mijn vader zette de motor af. Ons witte huis met de rieten kap lag ver van de straatlantaarns, halfverscholen tussen de bomen. In de verlichte deuropening verschenen de silhouetten van mijn moeder en mijn zussen. 'Het comité van ontvangst,' zei oma. Nadat mijn vader en ik haar uit de auto hadden gehesen, zette ze haar hoed op, streek haar japon glad en stak zwijgend haar geopende hand uit, waarin ik het handvat van haar wandelstok legde. Mijn vader haalde de koffer uit de kofferbak. 'Mag ik hem dragen?' vroeg ik. Scheefhangend onder het gewicht liep ik over het tuinpad.

Zoals ieder jaar met kerst werd ik door de komst van oma uit mijn slaapkamer verbannen. Gisteren had mijn moeder me opgedragen de boel op te ruimen, en vanmiddag had ze mijn bed verschoond; mijn fleurige dekbedovertrek had ze verruild voor stemmig bruin. Op het ontruimde blad van mijn bureau had ze twee schone handdoeken en een washandje gelegd, met een verpakt zeepje erbovenop. Vorig jaar had ik, nadat oma was ingekwartierd, stiekem een kijkje in dit logeervertrek genomen, dat ik nauwelijks nog als mijn eigen kamer herkende: het rook er anders, en al het leven scheen eruit verdwenen. Oma's koffer was gedeeltelijk onder mijn bed geschoven, verder was er geen spoor van haar aanwezigheid. Mijn meubels stonden op hun vertrouwde plaats, maar keken wezenloos voor zich uit. Zacht had ik de deur gesloten.

In de hal hielp mijn moeder oma uit haar mantel, waarna ze opmerkte: 'Volgens mij heeft u een nieuwe japon aan.'

Heel even zagen we oma ontdooien. Ze liet haar handen over haar machtige flanken glijden en vroeg met een aarzelend lachje: 'Ja, hoe vind je hem?'

Bewonderend nam mijn moeder het weefsel tussen duim en wijsvinger. 'Dat is kwaliteit, hoor. En de kleur staat u heel goed. Ik vind het een prachtige jurk… voor een dame van uw leeftijd.'

Oma was geen mooie vrouw, dat zag ik zelfs. Haar dure jurken spanden om een gevuld lichaam, waarvan de stramheid in onze familie spreekwoordelijk was: had ze zich eenmaal in een diepe leunstoel laten zakken, dan kon ze daar zonder hulp nooit meer uit overeind komen. Haar neus en oren waren groot als van een man. Ik was geschokt toen ik op een dag vernam dat haar onberispelijke, grijze kapsel in feite een pruik was. Ik vroeg mijn moeder of oma die pruik ook 's nachts droeg. 'Natuurlijk niet,' was het antwoord. Uit alle macht probeerde ik me géén voorstelling te maken van oma's kale schedel die op mijn kussen rustte, te meer omdat mijn moeder het bed wel verschoonde als ik plaatsmaakte voor oma, maar niet in het omgekeerde geval.

Amper was oma onder het slaken van een zucht op de bank in de huiskamer geland, of Charlotte kwam vragen: 'Oma, wanneer gaat u weer weg?'

Daar stak geen kwaad in. Mijn jongste zus hechtte zich zo sterk aan logés – zelfs zwijgzame, humeurige – dat ze zich emotioneel op hun vertrek moest voorbereiden vanaf het moment van hun aankomst. Oma wist dat.

'Overmorgen, liefje.'

Charlotte knikte ernstig, met op elkaar geklemde lippen.

Toen wendde oma zich tot mijn oudste zus, die geschrokken opkeek uit het boek waarin ze verdiept was. 'Hoe gaat het op school, Anna?'

'Goed… goed,' stamelde Anna met een schuldbewust gezicht.

'Goed?' zei mijn vader. 'Je moet straks je rapport eens aan oma laten zien. Dat kind haalt niets dan negens!'

Anna zat in de tweede klas van het gymnasium, waar ze wis- en natuurkunde kreeg, vakken waar ik voorlopig alleen maar van kon dromen, want ik zat in de zesde klas van de basisschool. Ik had Charlotte een spelletje geleerd waarin ze mij in de gangen van ons huis staande moest houden en vragen: 'Wat voor vakken heb jij vandaag?', waarop ik dan verzaligd antwoordde: 'Grieks, Latijn, wiskunde… en natuurkunde!'

Het was 24 december. In een hoek van de huiskamer stond een kerstboom te stralen. Zijn kluit rustte in een met zwarte aarde gevulde emmer waar we rood crêpepapier omheen gewikkeld hadden. De boom stond op een tafeltje, zodat Orlov, onze lekkerbekkende labrador, niet bij de kerstkransjes kon komen, die uitnodigend van de takken neerhingen. Onder de boom lagen enkele dennenappels die we in de tuin hadden geraapt, met lijm bestreken en met glitters bestoven. Vanzelfsprekend hadden we een kerststalletje, met Jezus in de kribbe, een intens gelukkige Maria, en Jozef die een paar jaar geleden zijn staf was kwijtgeraakt en sindsdien op een satéstokje steunde.

Mijn vader zette zijn favoriete kerstplaat op, van het King's College Choir in Cambridge. Hij had vroeger zelf in een knapenkoor gezongen, waarmee hij op toernee was geweest, en die toernee had hem helemaal in Polen gebracht, in Warschau om precies te zijn, wat een onvoorstelbare prestatie was als je bedacht dat hij niet zo'n beetje vals zong. Door de koormuziek heen hoorden we klokgelui, dat van buiten kwam. Het enige wat mijn vredige stemming verstoorde was de gedachte dat we straks nog naar de kerk moesten. We kregen koffie, anders zouden we tijdens de nachtmis in slaap vallen.

Om kwart over tien was het vertrektijd, we vergrendelden ramen en deuren en lieten alle lichten branden omdat er vorig jaar tijdens de nachtmis bij onze buren was ingebroken, en nadat we Orlov de laatste instructies hadden gegeven stapten we in de auto. Nu oma voorin zat, was het dringen op de achterbank. Mijn moeder nam Charlotte op schoot.

De nachtmis begon om elf uur, maar om halfelf troffen we de kerk al vol. We konden als gezin niet bij elkaar zitten, slechts her en der was nog een plaats vrij, dit tot ergernis van mijn moeder, die vond dat wij als trouwe kerkgangers meer recht op een zitplaats hadden dan de huichelaars die zich alleen met Kerstmis tot het altaar geroepen voelden. Mijn vader duwde me een bank in, naast een grote, gezette man die met weinig animo opschoof.

Het was de eerste keer dat ik de nachtmis bijwoonde. Achter de smalle ramen heerste duisternis, heel anders dan op zondagochtend, wanneer veelkleurige bundels licht binnenvielen. Het was koud in de kerk, de kilte leek op te stijgen van de marmeren plavuizen. De zwijgende, opeengepakte menigte bedrukte me. Mijn moeder zat twee banken vóór mij, met Charlotte naast zich, en keek nu en dan bezorgd naar me om;

ik knikte haar geruststellend toe, terwijl ik angstvallig vermeed contact te maken met het dikke been naast me.

Na aanvang van de mis raakte ik zoals altijd snel bedwelmd door de muziek, de gebeden, de wierook. En tegen het einde, toen ik na de communie in mijn bank terugkeerde, met de hostie klevend aan mijn verhemelte, was mijn devotie – en de opluchting dat ik over een kwartier weer buiten zou staan – zo groot dat ik met stijf dichtgeknepen ogen en krampachtig gevouwen handen in stilte begon te bidden dat er de stukken afvlogen.

Uiteindelijk sprak de pastoor het verlossende woord: 'Gaat nu allen heen in vrede, en zegene u de almachtige Heer… In de naam van de Vader, de Zoon en de Heilige Geest.'

En wij allemaal samen: 'Amen.'

Het uitgaan van de kerk, dat was het allermooist. De organist voelde zich kennelijk net zo bevrijd als ik en speelde een jubelende compositie, luider en luider. Het zat er weer op! De banken stroomden leeg, de parochianen trokken langs het wijwatervat en voetje voor voetje door de nauwe deuropening naar het donkere portaal, waar een vlagerige wind binnendrong. Eenmaal buiten liepen we gehaast naar de parkeerplaats en stapelden ons in de auto. Charlotte, die tijdens de mis tegen de schouder van mijn moeder in slaap was gevallen, kwam langzaam bij haar positieven.

'En nu maar bidden dat er niet is ingebroken,' zei mijn vader, terwijl hij met een hand stuurde en met de andere de voor- en zijruit schoonveegde, die steeds opnieuw besloegen.

'Hoe vond u de mis, oma?' vroeg mijn moeder.

'Zong er soms een ander koor? Ik vond dat het vorig jaar beter klonk.'

'Dat zei u vorig jaar ook,' zei mijn vader.

Na een korte rit arriveerden we bij wat in onze verbeelding inmiddels de plaats van het misdrijf was geworden, maar we troffen ons huis aan zoals we het hadden achtergelaten, vredig onder de sterren, deuren en vensters ongeschonden, de inbrekers waren eraan voorbijgegaan, mijn moeders juwelenkistje, dat mijn vader uit voorzorg in de kelder – bereikbaar via een verborgen luik – had verstopt, dat juwelenkistje had de nachtmis glansrijk overleefd, de opluchting was groot en we vergaven Orlov dat hij in zijn mand lag te snurken in plaats van volgens afspraak het fort te bewaken.

'Jassen uit, handen wassen en aan tafel,' zei mijn moeder tegen ons. We begrepen het niet. Gingen we dan niet naar bed?

In de eetkamer wachtte ons een verrassing: de tafel was feestelijk gedekt met wit linnen, het porseleinen serviesgoed en het zilveren bestek. In een zilveren schaal midden op tafel, beschenen door kaarslicht, lag een kerstbrood met een dikke laag poedersuiker. Nu pas merkten we dat we honger hadden. Vanuit de huiskamer drong het King's College Choir tot ons door. Het ontbrak er nog maar aan dat het begon te sneeuwen, zoals vorig jaar met kerst.

Ik smeerde roomboter op mijn brood. Het was heerlijk. Ik kon mijn ogen niet openhouden.

Wanneer oma bij ons logeerde, moest ik op een luchtbed in de huiskamer slapen. Mijn moeder had me al een nachtzoen gegeven, en de laatste die ik zag was mijn vader, die de lichten uitdeed. Ik lag in mijn slaapzak en voelde opeens de sterke behoefte hem te zeggen hoe ik me voelde.

'Papa?'

'Wacht even.' Hij nam de tijd voor de schemerlampen, alsof hij bang was dat een gedachteloos gedoofde lamp uit zichzelf weer aan zou springen. Hij verscheen bij mijn luchtbed, waar de laatste lamp brandde. 'Ja?'

'Ik ben zó gelukkig…'

'Fijn, jongen,' zei hij vermoeid. 'En nu slapen.'

Hij deed de lamp uit en verwijderde zich in het donker.

# 2

Het verbaasde me dat het raam was verplaatst. Toen drong het tot me door dat ik in de huiskamer lag, op mijn luchtbed, in mijn slaapzak – wat meteen verklaarde dat mijn opgetrokken benen zo weinig ruimte hadden – en dat oma bij ons logeerde… en dat het Kerstmis was!

De deur naar de hal ging open, er stormde iets op vier poten op me af, kwispelstaartend en orenflapperend, en het volgende moment had ik een natte neus in mijn gezicht. Ik weerde Orlov af. 'Ja, ja, brave hond.' Er klonk een afgemeten fluitje, waarna Orlov met over de parketvloer krassende nagels maakte dat hij weg kwam.

Hoewel ik het koud had bleef ik nog even liggen in het halfdonker, luisterend naar de geluiden die me uit de keuken bereikten. Een lucifer werd afgestreken, ik meende zelfs het plofje te horen waarmee het gas ontbrandde, en met een metalige klank werd de waterketel op het fornuis gezet. De klep van de grote oven ging piepend open; even later trok de geur van warme croissants door het huis.

Mijn vader kwam uit de keuken en vroeg of ik goed geslapen had. Hij trok de gordijnen open, het daglicht kwam aarzelend binnen. 'Het is maar donker vandaag,' zei hij, alsof hij wilde rechtvaardigen dat hij de lichtjes van de kerstboom aandeed. Ik keek naar het piramidevormige schijnsel; als ik mijn onbebrilde ogen een beetje toekneep, om scherper te zien, werd ieder lampje afzonderlijk door een stralenkrans omgeven. Mijn rust werd verstoord doordat Orlov weer aan mijn luchtbed verscheen. Hij vond het een goeie grap dat ik net als hij beneden moest slapen. Ik voelde de kou in zijn vacht toen ik hem aanhaalde, hij kwam net van buiten en hijgde nog na van zijn ochtendlijke inspectie van de domeinen.

'Sta je zo op?' vroeg mijn vader.

Ik tastte naar mijn bril.

Het ontbijt smaakte me goed. Toen ik mijn croissant opensneed, sloeg de damp van het binnenste, zachte deeg af. Na de croissant nam ik drie sneden kerstbrood. De kopjes van het porseleinen servies hadden een gouden randje en een gouden oor. Charlotte zat tegenover me. Ik wachtte tot haar blik op me gericht was, en dronk toen mijn thee met gestrekte pink, om haar aan het lachen te maken.

'Hoe vindt u het brood, oma?' vroeg mijn moeder.

'Is het dit jaar van een andere bakker?' vroeg oma.

We mochten van tafel. Ik ging met Charlotte mee naar haar kamer, omdat ik in de mijne niets te zoeken had. Als jongste van het gezin had mijn zusje de kleinste slaapkamer, aan het einde van de overloop op de eerste verdieping. Ik nam ongevraagd plaats op de enige stoel die er stond. Terwijl ik *Bas Banning en de geheime raket* las, legde Charlotte, geknield op de vloer, een puzzel van de Smurfen. Nu en dan streek ze de donkerblonde haren die voor haar ogen vielen weg. Toen de gong in de hal klonk, sprong ze overeind en opende de kamerdeur. 'Wat is er?'

'De paus!' riep mijn moeder onder aan de trap.

We hoefden vandaag niet naar de kerk omdat we al naar de nachtmis waren geweest, maar helemaal zonder verplichtingen waren we niet. We sjokten naar beneden, evenals Anna, die tegen beter weten in vroeg: 'Mam, moeten we echt naar de paus kijken?'

'Baat het niet, dan schaadt het niet,' was het antwoord.

Oma had zich al voor de televisie gezet. Ze was bijzonder

godsdienstig; van huis uit protestants, had ze zich tot het katholicisme bekeerd om met mijn opa te kunnen trouwen. Ik had mijn moeder wel eens horen zeggen dat nieuwkomers er graag een schepje bovenop deden. Oma had een bedevaart naar Lourdes gemaakt, maar naar Rome was ze nooit geweest. Dat speet haar, want ze bewonderde de paus.

Het was toch iedere keer weer indrukwekkend om te zien, het Sint-Pietersplein met de zuilenrij rondom, waar duizenden gelovigen uit de hele wereld zich hadden verzameld om de paus de mis te zien opdragen op het balkon van de basiliek. Vooral de Zwitserse Garde kon mijn goedkeuring wegdragen, met hun blauw-rood-gele uniformen, de helmen met wuivende veren en de vervaarlijke hellebaarden. Hoe effectief die hellebaarden tegen vuurwapens zouden zijn, was wel de vraag, maar ik begreep dat daarin juist de heroïek van de gardisten school – net zoals de dappere indianen het met pijl-en-boog tegen de buksen van de cowboys moesten opnemen, reden waarom ze bij mij een streepje voor hadden. Je leven geven voor de paus, het leek me een mooie opdracht.

'Oma,' zei ik, voelend dat dit haar deugd zou doen, 'ik zou wel bij de Zwitserse Garde willen.'

'Daarvoor moet je Zwitsers zijn,' antwoordde oma.

Gelaten wachtte ik de pauselijke zegen af.

Na de rechtstreekse uitzending serveerde mijn moeder koffie met gebak. Hiervoor gebruikte ze serviesgoed dat hooguit twee keer per jaar uit de kast kwam. Echt trek had ik nog niet, na het overdadige ontbijt. Ik kreeg ook koffie, met veel opgeklopte melk. Ik hief mijn pink weer, toen Charlotte keek.

Omdat het een feestdag was, droegen we onze zondagse kleren, en omdat we onze zondagse kleren droegen, mochten we niet buitenspelen. Lezen en tekenen ging op den duur vervelen, en Kerstmis, waar ik me zo op verheugd had, zou eerlijk gezegd behoorlijk saai zijn geweest als ik niet, kijkend uit het keukenraam, een kramsvogel had gezien. Een krams-vogel! Ik herkende hem onmiddellijk uit mijn vogelboek: hij was even groot als een merel, had een gevlekte borst, een witte wenkbrauwstreep en een karakteristieke grijsblauwe kop. Er was geen twijfel mogelijk. Hij zat op de grond, aan de overkant van het terras, waar onze reusachtige tuin begon. Hij was niet alleen, er scharrelden er meer tussen de dorre bladeren rond. Nauwelijks was ik van de opwinding bekomen, of ik ontdekte in een nabije vlierstruik een iets kleinere lijster met een op-vallende roestrode flank, die niets anders dan een koperwiek kon zijn. Ik wilde wel springen van vreugde – maar ik moest onbeweeglijk voor het raam blijven staan om te voorkomen dat de vogels zouden opvliegen. Ook de koperwiek was in gezelschap van soortgenoten.

Ik wist dat de kramsvogel en de koperwiek in Nederland niet als broedvogel voorkwamen; dit waren trekvogels, afkom-stig uit Rusland of Scandinavië, waar de kou ze had verdreven. Ik zag de eindeloze besneeuwde Russische wouden voor me, waar wolven huilden, en waar Michael Strogoff, koerier van de tsaar, aan zijn achtervolgers probeerde te ontkomen.

Behoedzaam verwijderde ik me van het raam, toen draaide ik me om en rende de trap op. Mijn moeder had gezegd dat ik niet op mijn kamer mocht komen zolang oma er logeerde, maar daar trok ik me niets van aan, dit was een buitenkans. Kramsvogels en koperwieken, dat zou ieder mens begrijpen. Ik wist dat oma in de huiskamer was en griste mijn verrekijker en vogelboek van de plank boven mijn bureau. Liever dan tijd te verliezen door weer naar beneden te rennen, ging ik naar de slaapkamer van mijn ouders, die op de tuin uitkeek. De vogels zaten er gelukkig nog. Gejaagd en onhandig haalde ik de kijker uit de draagtas en wipte de beschermdoppen van de lenzen. Ik had maar kort de tijd om de vogels te bekijken, plotseling vloog de hele troep op. Ik liet mijn kijker zakken om met het blote oog te zien of het dreigend silhouet van een roofvogel aan de hemel was verschenen; maar de onruststoker bleek Orlov, die de tuin in kwam draven.

In mijn vogelboek las ik een beschrijving van wat ik zojuist gezien had. De kop van de kramsvogel heette hier 'leigrijs', wat ik een mooi woord vond. De koperwiek had een 'roomwitte wenkbrauwstreep' en 'roestrode okselveren en flanken'. Toen ik las dat beide vogels bij het wegvliegen een langgerekt 'tsieh' lieten horen, meende ik dat deze kreet inderdaad nog in mijn oren echode.

Nadat ik de doppen weer op de lenzen had gezet, stopte ik de verrekijker terug in zijn foedraal van stug zwart leer. Ik liep naar de kamer van Charlotte, die nog steeds aan haar puzzel werkte, en pakte een potlood, waarmee ik plechtig twee kruisjes in mijn boek zette, een bij de afbeelding van de kramsvogel en een bij de koperwiek. Daarna hield ik mijn zusje het boek voor. 'Deze twee heb ik net gezien, door de verrekijker.' Ik wees haar op de karakteristieken in het verenkleed en vermeldde de belangrijkste wetenswaardigheden. 'Dus,' besloot ik mijn verhaal, 'wat voor geluid maken ze bij het wegvliegen?'

'Tsieh,' deed mijn zusje.

'En waar komen ze vandaan?'

'Eh…'

'Scandinavië en…'

'Eh…'

'Rrr…'

'Rusland!' zei Charlotte opgelucht.

'Vergeet dat niet,' zei ik.

's Avonds aan tafel deed ik verslag van mijn observatie, maar het had niet helemaal de uitwerking die ik ervan verwacht had. Er werd weinig gesproken. Het zilveren bestek tikte op de borden met hun gouden rand.

'Hoe vindt oma het hert?' vroeg mijn vader.

Oma antwoordde niet meteen, maar kauwde bedachtzaam. Toen zei ze: 'Het hert smaakt goed.'

Mijn moeder, die als kokkin altijd wat onzeker was, herademde.

'Ja,' zei mijn vader, 'we hebben een uitstekende poelier.'

Na het eten probeerde ik de kramsvogel en de koperwiek uit mijn vogelgids na te tekenen met Oostindische inkt.

'Heb jij dat gemaakt? Dat is prachtig,' zei mijn moeder. 'Maar er ontbreekt één ding.'

Ik staarde naar mijn tekening.

'Je handtekening. Alle kunstenaars signeren hun werk.'

'Maar ik heb geen handtekening.'

'Dan moet je er een bedenken.'

Anna, die ons gehoord had, zei: 'Ik heb wel een handtekening,' en pakte kladblok en pen om het te bewijzen.

'Daar staat gewoon Anna,' zei ik.

'Idioot,' antwoordde ze.

De rest van de avond deed ik mijn best een echte, volwassen handtekening met de juiste mate van onleesbaarheid te produceren. Vel na vel krabbelde ik vol, maar het lukte me niet tot een resultaat te komen dat zelfs maar in de verte leek op de woedende signatuur van mijn vader, voor wie het ondertekenen van belangrijke overeenkomsten dagelijks werk was. Ik had het hem vaak zien doen: hij liet de punt van zijn balpen ('ballpoint' zei hij) even aarzelend boven het papier hangen, alsof hij zich afvroeg of het betreffende document zijn naam wel verdiende; wanneer de spanning voldoende was opgelopen, volgde een elektrische ontlading in de vorm van een blauwe schicht over het papier. Daarna leunde hij achterover en borg zijn pen in de binnenzak van zijn jasje, met zijn kalmte demonstrerend dat hij de natuurkrachten die hij ontketend had, volledig meester was.

Omdat het Kerstmis was mochten we lang opblijven, maar om elf uur moesten mijn zussen toch naar bed, en ik naar mijn slaapzak. Mijn vader zette de klok stil om mij niet uit mijn slaap te houden en deed twee lampen uit zodat ik in een donker hoekje lag. Niet veel later hoorde ik dat oma mijn ouders welterusten wenste en naar boven ging.

Ik had nog maar kort geslapen toen ik wakker werd. Het feest van het licht was plotseling ver weg. Er was iets dreigends, iets donkers in de kamer. Mijn ouders zaten op gedempte toon te ruziën.

'Snáp je dat dan niet?' vroeg mijn moeder.

Ik wist niet waar het over ging, maar kon haast met zekerheid zeggen dat mijn vader het inderdaad niet snapte.

'God, wat word ik hier moe van,' antwoordde hij.

Er bestonden zwarte gaten, mijn oudste neef had me daarover verteld, plekken in het heelal waar helemaal niets was, niets dan een oneindige zwaartekracht die alles opslokte. Ik had het gevoel dat een zwart gat op onverklaarbare wijze in onze huiskamer terechtgekomen was. Ik voelde zijn verschrikkelijke kracht aan ons trekken. Het gat was klaar om ons te verzwelgen.

'Ik vind dit nou zo...' zei mijn vader.

Ik ging overeind zitten en sprak vanuit het donker verwijtend: 'Ik kan niet slapen.'

Mijn ouders vertrokken naar boven, nadat mijn vader de lichten had gedoofd. Zwarte gaten in de ruimte waren vroeger stralende sterren geweest, voordat ze instortten. Het was moeilijk voor te stellen, maar toch was het zo. Mijn neef had eigenhandig een ruimtetelescoop in elkaar gezet, dus die wist waarover hij sprak.

Ik kroop diep in mijn slaapzak.

Ik had mijn neef gevraagd wat er gebeurde als je in het gat gezogen werd.

Hij had zijn ogen een moment gesloten.

# 3

De volgende ochtend werd ik gewekt door de binnenkomst van mijn vader. 'Goed geslapen?' vroeg hij. Net als gisteren lag ik naar de geluiden van het ontwakende huis te luisteren, die voor mij iets geruststellends hadden. Doordat ze opwarmden, begonnen de verwarmingsbuizen te tikken, ik hoorde een kraan lopen, boven werd de wc doorgespoeld. Mijn vader opende de kast van de antieke staande klok, bracht het uurwerk weer op gang en zette de wijzers goed, waarvoor de Engelse klok hem met negen slagen beleefd bedankte.

Omdat ik vanavond weer in mijn eigen bed zou slapen, kon ik mijn luchtbed laten leeglopen. Onlangs, tijdens een logeerpartij bij tante Kristien, had ik toevallig ontdekt welke mogelijkheid dat bood, het leeg laten lopen van een luchtbed. De truc was dat je er ondertussen op moest blijven liggen. Ik tastte naar het ventiel, trok het dopje eruit, en onderging languit op mijn rug de gezochte sensatie. Terwijl mijn lichaam de lucht uit het luchtbed perste, had ik korte tijd het gevoel gewichtloos te zijn. Dit gevoel van wegzinken beleefde ik in een zalige roes; tegelijkertijd was ik volkomen helder. Uiteindelijk lag ik natuurlijk op de harde grond, maar het gevoel te zweven had mijn lichaam nog niet verlaten. Mijn vader kwam weer de kamer in. 'Sta je op?' Ik kwam haastig overeind.

We ontbeten opnieuw feestelijk. Tot mijn geluk lag er in de schaal een nieuwe kerststol, in dikke plakken gesneden. Verder was er geroosterd brood – knapperige witte sneden met het bruine, hier en daar zwarte patroon van het gloeiende ijzer. Oma vroeg me: 'Wil je de marmelade even aangeven, ventje?'

Oma noemde me nooit bij mijn naam, ze zei altijd: 'Ventje.' Daar had ze een reden voor.

Opa was kort voor mijn geboorte overleden. Mijn vader had hem aan zijn sterfbed een belofte gedaan: 'Als het een zoon is, zal hij jouw naam dragen.'

Maar dat had hij van tevoren niet met mijn moeder overlegd. Toen die ervan hoorde zei ze: 'Geen sprake van! Ik peins er niet over mijn kind' – ze sprak de naam van mijn opa uit – 'te noemen.' Een hevige ruzie was het gevolg, eerst tussen mijn moeder en mijn vader, naderhand tussen mijn moeder en haar schoonfamilie. Ze hield voet bij stuk. Ondertussen zei ze bij zichzelf: laat het alsjeblieft een meisje zijn, dan zullen de gemoederen wel bedaren.

Op dit punt moest ik mijn moeder teleurstellen.

Ik kreeg drie doopnamen, waarvan de eerste de naam van mijn opa was, maar oma was niet te vermurwen: de hele affaire draaide om mijn roepnaam. Toen oma, gekleed in het zwart, op kraamvisite kwam en mij voor het eerst in levenden lijve zag, zei ze schoorvoetend tegen mijn moeder: 'Nou, laat ik je dan toch maar feliciteren.'

Vandaar dat oma had gevraagd: 'Wil je de marmelade even aangeven, ventje?'

Ik was blij haar van dienst te kunnen zijn. 'Alstublieft, oma,' zei ik keurig, terwijl ik haar het gevraagde overhandigde. Ze zei zelden iets aardigs tegen me, maar dat was voor mij geen reden haar minder hoog te achten. Ze was mijn oma… Waarom zou ze dan óók nog aardig tegen me moeten doen?

Tweede kerstdag verliep even eentonig als de eerste. Tot mijn spijt lieten de kramsvogels en koperwieken zich niet meer zien. In de middag stak mijn vader, die ook niets om handen had, de open haard aan. Vanuit een opgepropte krant verspreidde het vuur zich via dorre twijgjes naar de hout-blokken. Af en toe sprong een gloeiend kooltje met een knal uit de haard op het Perzisch tapijt, waar het door ons snel werd uitgetrapt. Naast de haard stond een standaard met ka-chelgereedschap: een tang, een pook en een asschep. Mijn vader liet het soms aan mij over met de pook het vuur op te rakelen, wat ik graag deed, ik vond het mannenwerk, zoals ik mijn vader ook met plezier hielp bij het houthakken. In onze grote tuin moesten er geregeld bomen worden gerooid, die we eerst in stukken zaagden en vervolgens in hanteerbare blok-ken hakten. Een keer had ik zowel het te splijten hout als het zware hakblok gemist, de bijl schoot door en schampte mijn scheenbeen. 'Niets tegen je moeder zeggen,' had mijn vader geschrokken gezegd.

De hitte van het haardvuur verspreidde zich snel door de kamer, en onze stemming werd nog lustelozer. We waren blij toen we aan tafel konden, niet omdat we honger hadden, maar om iets te doen te hebben.

Vandaag was het hoofdgerecht konijn.

'Hoe vindt oma het konijn?' vroeg mijn vader.

'Het is een tam konijn, zeker?' zei oma.

Na het dessert zei mijn vader: 'Dat heeft goed gesmaakt. Applausje voor de kok!'

Wij klapten dadelijk enthousiast met hem mee, en zelfs oma bracht met een misprijzend gezicht heel even haar handen op elkaar.

'Hè toe,' zei mijn moeder.

'Wat?' zei mijn vader. 'Is het nou weer niet goed?'

Oma zei dat ze haar koffer ging pakken. Mijn ouders zwegen totdat ze de eetkamer uit was.

'Ik begrijp jou niet,' zei mijn vader.

'En ik word er moe van jou alles uit te moeten leggen.'

'Applausje voor de kok... Dat is alles wat ik gezegd heb.'

'Hou toch op met die onzin.' Beheerst vouwde mijn moeder haar servet op. 'Drink liever wat minder aan tafel.'

Met grote ogen van verbijstering keek mijn vader ons aan.

'Jullie mogen van tafel, hoor,' zei mijn moeder.

'Wacht even,' zei mijn vader tegen mij. 'Ga jij mee naar het station?'

Ik haalde mijn schouders op.

'Dat is op de terugweg toch veel gezelliger voor mij?' drong hij aan.

Ik staarde naar mijn lege ijscoupe.

'Jas aantrekken,' beval hij, en stond op van tafel.

Terwijl ik met mijn jas aan in de hal stond te wachten, gaf ik de trapleuning er met mijn muts van langs. Oma verscheen boven aan de trap. 'Breng jij mijn koffer even naar beneden, ventje?'

Ik vloog naar boven, zeulde de koffer uit mijn kamer en begon aan de gevaarlijke afdaling. De koffer was te zwaar voor me, maar ik leek me te redden, totdat ik, bijna beneden, een misstap maakte – met een noodsprong wist ik me nog net in veiligheid te brengen. Ik voelde de klap van mijn landing nadreunen in mijn knieën.

'Ventje toch,' zei oma, 'straks breek je nog iets.'

Een arm of been, dacht ik dat ze bedoelde, maar toen ik zag hoe bezorgd ze haar koffer bekeek, die rustig over de treden achter me aan was gegleden, was ik daar niet meer zo zeker van.

De autorit naar het station duurde een minuut of twintig. Oma en mijn vader bespraken hun lievelingsonderwerp, de aandelenkoersen van Hagemeyer en Koninklijke Olie. Toen we de weg naar Nistelrode opdraaiden, speurden de koplampen de bosrand af. Ik dacht aan de dieren die in het donker verscholen zaten. Nu en dan lichtte aan de kant van de weg een waarschuwingsbord met een hoog opspringend hert op, maar ik had nog nooit een hert in het wild gezien, wel een ree.

We kwamen bij het station van Oss aan. 'We zijn mooi op tijd,' zei mijn vader. Toen de trein naar Breda was voorgereden, stapte hij in om de koffer in het bagagerek van de eersteklascoupé te tillen. Ik nam afscheid van oma. 'Bedankt,' zei ze.

'Waarvoor?' vroeg ik verbluft.

'Omdat ik in je kamer mocht slapen.'

Gehandschoend streek ze even over mijn wang.

'Dag… ventje.'

# 4

Na kerst werd het pas echt leuk. We waren vrij van school. Dat waren we gisteren en eergisteren natuurlijk ook, maar omdat we toen onze nette kleren moesten dragen, konden we er niet van genieten. Nu mochten we doen waar we zin in hadden, en onze spijt omdat Kerstmis alweer voorbij was, werd goedgemaakt doordat Oud en Nieuw voor de deur stond.

Ik trok mijn oude trainingspak aan. Het tricot was donkerblauw, met een rode bies die in de lengte over de mouwen liep en zich voortzette over de broekspijpen. Charlotte had een rood pak met een blauwe bies. Aan de zoom van de broekspijp zat een brede elastische band die je onder je gekousde voet moest doen. Wanneer je je schoenen aantrok, veroorzaakte die band de eerste minuten een hinderlijk, knellend gevoel, totdat je voetzool eraan gewend was. Omdat ik vogels wilde kijken, trok ik over het dunne trainingsjasje mijn groene jack aan – een legerjack met epauletten, zoals veel jongens op school droegen. Op sommige mouwen zag je militaire onderscheidingstekens, die in fournituwinkels te koop waren (mijn buurjongen Oscar was met een paar naaldsteken van zijn moeder tot sergeant bevorderd). In de bijkeuken trok ik mijn groene rubberlaarzen aan, en gewapend met mijn verrekijker liep ik het terras achter ons huis op, en vandaar het bos in. Het was een dichtbegroeid bos – al hadden de zware novemberstormen van de laatste jaren er wat licht in gebracht – ter grootte van een voetbalveld. Eiken en dennen stonden gebroederlijk door elkaar, schouder aan schouder;

berken schoolden samen in een hoek. Mijn vader had het bos afgezet met een hekwerk, waarvan je het ijzerdraad in de zomer pas zag als je er met je neus bovenop stond. Doordat ook onze buren aan weerszijden het bos intact hadden gelaten, waande je je midden in de natuur.

Ik hoopte nog een paar kramsvogels en koperwieken te zien, of het goudhaantje dat ik vorige week in een den had ontdekt. De eerste vogel die ik tegenkwam was een winterkoninkje dat zich druk maakte in het struikgewas: 'Tik tik tik!' Gisteren, toen ik hem hoorde zingen, had ik tegen mijn moeder in de keuken gezegd: 'Hoor, het winterkoninkje!' maar ze had niet willen geloven dat zo'n klein vogeltje zoveel geluid voortbracht. 'Maar het is midden in de winter,' zei ik. 'Wie anders zou er zingen dan het winterkoninkje?' Dat bracht haar aan het twijfelen. Ondertussen wist ik heel goed dat er ook andere vogels waren die 's winters zongen, zoals de merel en de roodborst.

Even verderop landde, met een schorre kreet, een Vlaamse gaai in een boom. Ik stelde mijn verrekijker scherp. Hij hield mij goed in de gaten. Voor hem was ik een indringer in het bos, maar het was zijn tragiek dat veel vogels hem even argwanend bekeken als hij mij. In de zomer had ik vaak gezien hoe lijsters hem verjoegen wanneer hij zich verdacht stil door het bladerdek bewoog.

Ik had mezelf geoefend in het luisteren naar bosgeluiden omdat die de aanwezigheid van dieren verraadden, en het stoorde me dat er in de verte druk getimmerd werd; ik dacht aan een buurman die een hek repareerde. Toen ik verder liep, zag ik echter hoog in een boom een zwart-wit-rode vogel die vastbesloten leek zichzelf een stekende koppijn te bezorgen, zo krachtig trommelde hij op de stam. Een grote bonte specht. In de winter, wanneer de bomen kaal waren, kon je ze gemakkelijker ontdekken dan in de zomer. Ik zag hem heel even door mijn kijker, toen draaide hij naar de achterkant van de stam.

Ik liep in een grote boog om hem heen en kreeg hem weer in het vizier, maar door een klein stukje op te schuiven werd hij opnieuw onzichtbaar. Dat spelletje herhaalden we een paar keer. Toen kreeg hij er genoeg van en vloog weg, waarbij ik zijn rode onderstaartveren goed kon zien.

Mijn passie voor de vogelwereld was niet helemaal zonder eigenbelang. Ik zag mezelf professor worden, ornithologie doceren en boeken schrijven. Mijn baanbrekende studie naar de vogeltrek zou me de Nobelprijs opleveren en mijn faam zou zich over de hele wereld verspreiden. Aan volwassenen die vroegen wat ik wilde worden als ik groot was, legde ik geduldig uit wat dat was, een ornitholoog. 'Het verdient goed,' voegde ik er altijd aan toe.

Er fladderde iets aan de rand van mijn blikveld. Ik sloop dichterbij. Als toekomstig ornitholoog lette ik niet alleen op ieder geluid, maar ook op de kleinste beweging. Die oplettendheid in het bos bezat ik al jaren, alleen waren het tot voor kort geen goudhaantjes of spechten die ik in gedachten had, maar indianen, cowboys, ridders of vikingen, al naar gelang het boek dat ik aan het lezen was of de film die ik had gezien. Ook het sluipen, het vermijden van takjes die konden breken onder mijn voet, was een tweede natuur geworden. Het vogeltje dat mijn aandacht had getrokken bleek een gewone koolmees; plichtmatig bracht ik mijn kijker even naar mijn ogen.

Ontelbare avonturen had ik in dit bos beleefd. Wanneer ik uit school kwam trok ik altijd meteen mijn oude trainingspak aan om buiten te spelen, behalve als het regende. Vaak waren het de boeken over Arendsoog die mijn fantasie op gang brachten. De ware held was natuurlijk Witte Veder, met zijn superieure kwaliteiten als spoorzoeker. Ik had bijna alle delen van de reeks gelezen; het spannendst vond ik het avontuur dat zich in de Canadese bossen afspeelde. De hulp van Arendsoog en Witte Veder werd ingeroepen omdat enkele indianen die voor een handelspost werkten door een onbekend roofdier waren verscheurd. Het was winter, op de plaats des onheils trokken verschrikkelijke klauwen een spoor in de sneeuw – een spoor dat onverklaarbaar abrupt afbrak. Wat voor griezelig wezen was dit? De bijgelovige indianen spraken over 'de geest van de eenzame wolf...'

Zelf had ik, als er sneeuw gevallen was, ook meer dan eens verdachte sporen in ons bos aangetroffen. Ik knielde dan bij de pootafdrukken neer, zoals een woudloper betaamde, en zei zacht voor me uit: 'Een wolf, niet ver van hier... het spoor is nog vers,' terwijl Orlov zich belangstellend kwispelend bij me voegde.

In ons bos hadden we een blokhut waarin een oude dekenkist stond die alles bevatte wat ik voor mijn uiteenlopende avonturen nodig had. Las ik een boek over Robin Hood, dan viste ik hieruit een grote boog en drie pijlen met zuignappen. Las ik toevallig een stripboek over Floris, dan kwamen mijn plastic zwaard en schild en hellebaard uit de dekenkist, en in de rol van Zorro haalde ik hem overhoop op zoek naar mijn masker. Doordat het in de blokhut vochtig was, rook de vilten cowboyhoed muf, en het klappertjespistool was door roestvorming gaan haperen, maar het was ook eigenlijk veel leuker de knallen met je stem na te bootsen: 'Pauw, pauw!' (Mijn buks vuurde ik, ter onderscheid, af met 'Beng, beng!') Gewoonlijk mikte ik zorgvuldig, met mijn vinger aan de trekker, maar het kwam ook wel voor dat ik in mijn blokhut belegerd werd en me vanuit de heup schietend een weg naar de vrijheid moest zien te banen, waarbij ik de revolver in mijn rechterhand hield en met de vlakke linkerhand over de haan maaide, zoals de grootste vechtjassen in de westerns deden.

Het was een heerlijk gevoel om rond te lopen met het gewicht van een gevuld holster op je dijbeen. Wel raakte ik nogal snel door mijn kogels heen – want dat was een favoriete scène van mij: ongeacht de loop van het verhaal dat ik al spelend bedacht, ik zat steeds weer zonder munitie. Midden in een uitputtend vuurgevecht hijgde ik tegen mijn zusje, die naast me dekking had gezocht in een met varens begroeide greppel: 'Mijn minutie is op!' Dan was het zaak de blokhut te bereiken om er een nieuw voorraadje imaginaire kogels op te halen, dus rende ik door spervuur heen van boom tot boom, en vergat niet onderweg de noodzakelijke koprol te maken. Heel aangenaam was het om in de laatste meters van mijn heroïsche sprint in het been geraakt te worden (het was altijd het been) en slepend met het getroffen ledemaat weer in de greppel te belanden; dat been moest dan met een zakdoek afgebonden worden. Tanden op elkaar. Geneeskrachtige varens konden hier wonderen verrichten.

Ik speelde zelden met vriendjes, wel vaak met mijn zusje. Charlotte ging met ieder rollenspel akkoord onder voorwaarde dat we medestanders zouden zijn, geen tegenstanders. Dus streden we zij aan zij tegen denkbeeldige vijanden, die we net zo duidelijk voor ons zagen als de bomen in het bos.

Als ik weer eens in mijn been was geraakt liet ik me kreunend naast Charlotte in de greppel neervallen.

'Nu moet jij zeggen dat het maar een schampschot is.'

'Een wat?'

'Een schampschot! Zeg dan!'

'Het is maar een schampschot,' zei mijn zusje.

'Goddank,' verzuchtte ik.

Zo had ik jarenlang in het bos gespeeld, alleen of met mijn zusje, en niet te vergeten met Orlov, die geregeld zijn neus in onze avonturen kwam steken en dan een figurantenrol kreeg, maar ik was ermee gestopt omdat ik me er te groot voor voelde. Ik vond het jammer, dat wel – mijn revolver, zwaard en pijl-en-boog hadden hun aantrekkingskracht nog niet verloren. Vooral als ik een avonturenfilm op televisie zag, wilde ik de dekenkist in de blokhut meteen weer openen. Niet lang geleden had ik na een film over Ivanhoe aan die impuls toegegeven. Ik was de wapenkamer binnengegaan, had me in mijn harnas gehesen en een duel op leven en dood uitgevochten met een onverzettelijke jonge eik – maar het viel tegen, het was alsof ik mezelf van een afstandje gadesloeg. Mijn wapens waren speelgoedwapens. Het was kinderachtig.

Ondertussen waren boeken en films over cowboys en indianen en ridders er niet minder boeiend op geworden. Ik had de zwart-witfilm *De laatste der Mohikanen* gezien en was diep geroerd door het sterven van Uncas, de zoon van het opperhoofd. En juist doordat ik nu niet zelf met mijn tomahawk begon te zwaaien maar het verhaal louter in mijn geest herbeleefde, drukten de emoties zwaarder op me. Ik stelde me voor dat ik de dodelijk gewonde Uncas was en opkeek in het knappe gezicht van Cora – een van de twee dochters van kolonel Munro –, die zich diepbedroefd over me heen boog, waarbij haar donkere lokken mijn naakte, zwaar ademende borst raakten; mijn tranen welden op.

Voortaan vond het wapengekletter uitsluitend in mijn hoofd plaats. In het bos, waar geweersalvo's en strijdkreten gemengd met hondengeblaf hadden weergalmd, waar op een doordeweekse middag toch al gauw een complete kolonistenfamilie door opstandige Sioux werd uitgemoord, daar keerde de rust terug. Wellicht was dat bevorderlijk voor de vogelstand. Nu ik mijn pijl-en-boog had verruild voor een verrekijker sloop ik hier nog altijd naar hartenlust rond, maar het cruciale verschil was dat ik spel had vervangen door ernst: ik was nu immers bezig met het verzamelen van de gegevens die logischerwijs tot de Nobelprijs zouden leiden.

# 5

Ik werd voor het middageten geroepen. Ik draaide me naar ons huis, waarvan de omtrekken vaag zichtbaar waren tussen de bomen. Om me te roepen had mijn moeder de keukendeur geopend en Orlov zag zijn kans schoon me tegemoet te rennen, jolig omdat we elkaar al minstens een uur niet gezien hadden. Toen hij bij me was en tegen me op wilde springen, weerde ik hem af omdat ik mijn verrekijker aan een draagriem om mijn hals droeg. 'Rustig, rustig... Ja, brave hond.'

Nu Orlov zijn energie niet in de begroeting kwijt kon, besloot hij zijn wachtronde langs de omheining op topsnelheid af te leggen: zijn poten roffelden over het paadje dat hij tussen het plantendek had geëffend, zijn oren wiekten alsof hij wilde opstijgen. Hij deed de volle ronde, en nog slaagde hij erin tegelijk met mij bij de keuken aan te komen en zich hijgend tussen mijn been en de deurpost naar binnen te wringen.

We aten brood met het hele gezin. Dat kon alleen in de vakantie omdat mijn moeder op een kleuterschool in Ravenstein werkte, en dat was te ver weg om tussen de middag thuis te komen eten. Mijn vader kwam iedere werkdag om twaalf uur van kantoor om de tafel te dekken voor Charlotte en mij, die dan uit school kwamen gerend. Om vijf voor één reed hij terug naar de bank, waar hij werkte tot halfzes. Mijn moeder kwam op schooldagen om een uur of vijf het huis binnenstormen en gunde zich dan nauwelijks de tijd haar jas uit te trekken alvorens de aardappels te schillen.

Na het eten stelde Charlotte voor te gaan rolschaatsen. Vanwege wegwerkzaamheden verderop, die tijdens de vakantie stillagen, was een deel van onze straat afgezet voor het autoverkeer. Het was een nieuwe asfaltweg, egaal als glas, en het was heerlijk daar overheen te zoeven. Veel kinderen uit de buurt waren op hetzelfde idee gekomen, er was sinds de autoloze zondagen niet meer zo druk gerolschaatst. Alleen auto's van omwonenden reden stapvoets langs, waarvoor we elkaar luidkeels waarschuwden: 'Auto! Auto!'

Ik had de slag meteen weer te pakken en ontwikkelde een razende vaart, op suizende wieltjes die mijn vader net, voordat hij naar kantoor terugging, met een paar druppels olie had gesmeerd. Het was bewolkt maar droog, niet te koud, een perfecte dag om te rolschaatsen. Wanneer ik Charlotte inhaalde stak ik mijn hand uit, die ze greep, waarna ik haar met een slingerbeweging extra snelheid meegaf; we moesten er allebei om lachen. Steeds als ik langs ons huis kwam, keek ik opzij om de lichtjes van onze kerstboom te zien branden. Straks, als we uitgespeeld waren, had mijn moeder een beker warme chocolademelk of een kop soep voor ons klaar.

Ik had al een tijdje heen en weer gerolschaatst en was al een keer op mijn knie gevallen, wat een snerpende pijn veroorzaakte die gelukkig snel wegtrok, toen iemand voorstelde een wedstrijd te houden. Een paar meisjes lieten een afkeurend geluid horen, maar alle jongens vonden het een uitstekend idee. Er zouden steeds twee deelnemers tegen elkaar rijden, de verliezer zou afvallen en de winnaar zou het opnemen tegen de winnaar van een andere rit. Uiteindelijk zou er één overblijven: de kampioen. En deze kampioen zou een prijs krijgen. Het was een meisje dat deze voorstellen deed. Ik had haar nooit eerder gezien. Ze droeg net als ik een blauw trainingspak, waarin haar armen en benen zo dun waren dat ik meteen het verlangen voelde als haar beschermer op te treden, in geval van nood.

Ze had een wollen muts op, waar donker haar onderuit kwam. Ze was ongeveer even lang als ik.

'Wat voor prijs?' vroeg iemand.

'Dat weet ik nog niet,' zei ze, 'maar ik zorg voor een prijs.'

Vreemd genoeg nam iedereen daar genoegen mee.

Met krijt werden twee strepen op het wegdek getrokken. Het meisje wees aan wie in de eerste ronde tegen elkaar zouden uitkomen, en nadat ze een waarneemster naar de finishlijn had gestuurd, posteerde ze zich met geheven arm op de startlijn: 'Op uw plaatsen! Klaar voor de start... Af!' Onder luid gejoel vertrokken de eerste rijders.

Ik won mijn ritten heel gemakkelijk, tot mijn eigen verbazing. Ook Charlotte kwam ver in de wedstrijd, maar uiteindelijk werd ze toch uitgeschakeld. Er bleven vier jongens over. In de halve finale moest ik mijn krachten meten met Oscar, mijn buurjongen. We waren even oud, precies even groot en droegen allebei een bril – dat laatste deed er misschien niet toe, maar het was duidelijk dat we aan elkaar gewaagd waren. Ik won nipt. In de finale moest ik het opnemen tegen een stevige jongen met rossig haar. Ik kende hem niet. Hij woonde niet bij ons in de straat. Hij keek grimmig, en had zijn ritten steeds met overmacht gewonnen. Eigenlijk was ik een beetje bang voor hem. Bovendien begon ik langzamerhand behoorlijk moe te worden. Toen ik echter aan de start stond en de ogen van het donkerharige meisje op me gericht voelde, wist ik dat ik nog eerder dood achter de finishlijn zou neervallen, dan dat ik deze wedstrijd zou verliezen.

De jongen naast me ging fel van start, maar ik kon hem bijhouden zonder dat ik me tot het uiterste hoefde in te spannen. Vanuit mijn ooghoeken zag ik zijn hoge bewegingstempo, en in gedachten vergeleek ik het met mijn eigen soepele, lange slagen, die er vast mooi uit zouden zien. Ik ging nog trager bewegen en kwam zelfs nog sneller vooruit, of misschien werd de jongen moe, en ik, ik hield nog wat over voor het laatste stuk, nu gooide ik alles eruit, de jongen verdween uit mijn ooghoeken, en in het besef dat het zo hoorde, zo en niet anders, kwam ik over de finish als de glorieuze winnaar, de ware kampioen. Ik hoorde Charlotte juichen.

De verslagen jongen bleek heel edelmoedig, want toen we waren uitgehijgd wilde hij me feliciteren. Blij stak ik hem mijn hand toe, waar hij uit alle macht in kneep terwijl hij me recht in de ogen keek. Ik gaf geen kik. Toen hij eindelijk losliet, zei ik hem luchtig gedag en ging met het donkerharige meisje mee om mijn prijs op te halen. Van mijn ouders mocht ik niet zomaar bij andere kinderen thuis gaan spelen, ze wilden altijd weten waar ik was, maar ik redeneerde dat meegaan nu geen kwaad kon omdat ik dadelijk weer terug zou zijn en omdat het meisje had gezegd dat ze in onze straat woonde. Het was dan wel vreemd dat ik haar nooit eerder gezien had. 'Ik ben zo terug,' zei ik tegen Charlotte.

We gingen naar het voorlaatste huis in de straat, een landhuis dat er verveloos uitzag. Het had een tijdje te koop gestaan, en ik had niet gemerkt dat er nieuwe bewoners in waren gekomen. Bij de voordeur was een tuinmuurtje waarop we gingen zitten om onze schoenen uit te doen, dat was eenvoudiger dan de rolschaatsen van de schoenen afhalen. Het meisje ritste haar trainingsjack gedeeltelijk open, greep met een hand de haren die onder haar muts uitkwamen samen en trok met de andere hand een sleutelkoord over haar hoofd. Ze ging me voor een donkere hal in.

'Is er niemand thuis?' vroeg ik.

'Nee.'

'Maar het is vakantie!'

Op haar sokken wipte het meisje de trap op. 'Kom je?' Ze keek half achterom.

In haar kamer stonden, behalve een bed en een klein bureau, vooral veel onuitgepakte dozen. Het meisje plofte op het bed neer en zette haar muts af. Haar lange, donkere haar zat plat samengedrukt rond haar schedel, maar waaierde uit over haar schouders, zoals bij een indiaan die een hoofdband draagt.

'Hou je van stripboeken?'

Natuurlijk hield ik van stripboeken.

Ze trok een doos naar zich toe, rommelde erin en trok er een album uit. Toen kwam ze voor me staan en overhandigde me plechtig *Kuifje in Amerika*. 'Dit is je prijs. Hartelijk gefeliciteerd.'

Ik kende dit album al, ik had het ooit geleend van een van mijn neven. Het was niet het beste deel van de reeks. Niettemin had ik het graag willen aannemen, maar dat was onmogelijk, het was een te groot cadeau, mijn ouders zouden het nooit goedvinden. Volgens hen kwam daar vroeg of laat geruzie van. Om dezelfde reden mochten we met andere kinderen geen speelgoed ruilen.

Ik zei dat een stripboek een duur cadeau was, en dat ik dure cadeaus niet mocht aannemen.

'Maar ik heb je een prijs beloofd,' zei het meisje. 'Wat wil je dan hebben?'

Ik keek rond en zag een schetsboek met kleurpotloden op het bureau liggen.

'Ik hoef helemaal geen prijs.' Het schoot me ineens te binnen.

'Maar dan heb je voor niks gewonnen.'

'Welnee, het gaat om de eer.'

Het meisje keek me zwijgend aan. Ik veronderstelde dat mijn ridderlijkheid haar sprakeloos van bewondering maakte. Zelf was ik er in ieder geval behoorlijk van onder de indruk.

'Hoe heet je?' vroeg ze uiteindelijk.

Ik noemde mijn naam. 'En jij?'

'Esther.'

We drukten elkaar de hand. In plaats van los te laten, begon ik aan haar arm te zwengelen, het was kinderachtig, dat wist ik, maar ik kon die hand nog niet meteen teruggeven.

'Nou,' zei ze klagerig.

Ik liet los, in het besef dat de nobele indruk die ik had gemaakt, alweer grotendeels verdwenen was. Ik deed er verstandig aan nu snel weg te wezen.

Ik liep voor haar uit de trap af. Ook in de hal waren verhuisdozen opgestapeld. Een deur stond open, de kamer daarachter was leeg en donker. Nergens in huis was een geluid te horen. Het leek alsof Esther hier alleen woonde, alsof de overige gezinsleden haar en de inboedel hadden uitgeladen, om vervolgens te besluiten toch liever naar het oude huis terug te keren.

'Hebben jullie een huisdier?' vroeg ik.

Esther leek te aarzelen. Toen schudde ze haar hoofd.

Ik opende de voordeur en begon mijn schoenen-met-rolschaatsen weer aan te trekken. Esther zette de hare in de hal. Ze zei dat ze geen tijd meer had om te rolschaatsen. Ze had haar vader beloofd dozen uit te pakken.

'Dag,' zei ik.

'Dag.'

De deur ging dicht.

Ik rolschaatste het betegelde tuinpad af. Toen ik de weg op draaide, keek ik opzij in de hoop nog een glimp van het meisje op te vangen, maar het huis lag er donker en verlaten bij.

# 6

Het schemerde al toen we binnenkwamen. Mijn moeder zette ons de warme chocolademelk voor. Anna legde haar boek weg om samen met ons televisie te kijken. In de kerstvakantie werd er iedere middag wel iets uitgezonden; vandaag stond het Groot Russisch Staatscircus op het programma. Eigenlijk had ik een hekel aan acrobatiek – niet meer dan oponthoud tussen de optredens van clowns, dompteurs en messenwerpers – maar vandaag bekeek ik de acrobaten, in ieder geval de vrouwelijke, met andere ogen. Ze droegen lichtblauwe pakjes, strak als een tweede huid. Van een afstandje viel in het felle licht van de schijnwerpers moeilijk uit te maken of ze naakt of gekleed waren; van dichtbij zag je de glittersteentjes die op de elastische stof waren gestikt – en kon je alle vormen van hun lichaam bekijken.

'Mooi hè?' zei Charlotte.

'Altijd zo saai die acrobaten,' zei ik hees.

Terwijl wij naar het circus keken, liep mijn moeder heen en weer tussen de keuken en de huiskamer. Ze hield van lezen, maar had er nauwelijks tijd voor. Nadat ze de aardappels op het vuur had gezet, kwam ze bij ons zitten en sloeg snel haar boek open. Ze zat op het puntje van haar stoel, met het boek op haar knieën en haar ellebogen rustend op haar bovenbenen, klaar om op te springen en de aardappels af te gieten. De titel van het boek was *Jane Eyre*. 'Heremijntijd, wat is het spannend,' zuchtte ze.

Aan tafel vertelde ze het verhaal na. Het ging over een jong meisje dat als gouvernante in een afgelegen, geheimzinnig landhuis kwam werken. Tijdens haar rondleiding door dat landhuis, bijna een kasteel, kreeg het meisje op de bovenste verdieping een donkere gang met gesloten deuren te zien. Daar woonde niemand – dat was wat ze tegen haar zeiden. Maar in een stikdonkere nacht hoorde ze opeens een waanzinnig lachen opklinken en wegsterven… En dat lachen kwam uit een van die kamers!

Mijn moeder lachte een duivelse, kille, vreugdeloze lach.

'En toen? Wat gebeurde er toen?'

'Nou,' zei mijn moeder, 'toen waren de aardappels gaar.'

Na het avondeten werkte ik met de doordringende geur van Oostindische inkt in mijn neus aan een tekening van de fuut. Als lid van de Vogelbescherming ontving ik naast het verenigingstijdschrift *De lepelaar* ook het jeugdblad *'t Vogelaartje*, dat illustraties van lezers afdrukte. Sinds ik ontdekt had hoe gemakkelijk het was vogels na te tekenen uit boeken, was het mijn diepe wens een van mijn pentekeningen gepubliceerd te krijgen. Om het zekere voor het onzekere te nemen maakte ik een hele reeks afbeeldingen van verschillende vogelsoorten, waaruit de redactie er een zou kunnen kiezen.

De volgende dagen ging ik veel rolschaatsen. Esther zag ik niet meer. Hoe vaak en hoe zwierig ik ook aan haar huis voorbijrolde, ze kwam nooit naar buiten. Achter de ramen van het landhuis brandde geen enkel licht. Jammer dat ik die prijs van haar niet had aangenomen; ik zou het bewijs in handen hebben gehad dat ik me mijn bezoek aan haar kamer niet verbeeld had.

Op woensdagmiddag nam de presentatrice van een wekelijks televisieprogramma afscheid met de woorden: 'Tot volgend jaar!' Charlotte was er beduusd van, het was haar favoriete programma, en nu zou ze het lange tijd moeten missen.

'Denk eens na,' zei Anna. 'Wanneer begint het nieuwe jaar?'

'Over vier dagen…'

'Dus?'

'Dus het komt volgende week gewoon weer?'

'Ja!'

Charlotte schudde ongelovig haar hoofd.

Op zaterdagmiddag aten we oliebollen. Orlov zwierf door het huis, onrustig door de rotjes die op straat knalden. Wanneer hij in de huiskamer kwam, hield hij voor de bank halt en bestudeerde ons om onze reactie op het lawaai te peilen. We sloegen tegenover hem een opzettelijk zorgeloze toon aan, maar we mochten hem niet te veel aandacht schenken, had mijn vader gezegd, omdat hij dan de indruk zou krijgen dat er echt wat aan de hand was. Uiteindelijk ging hij in zijn mand liggen, die in de hal stond, maar hij spitste wel zijn oren bij iedere knal.

Na het avondeten werd Charlotte naar bed gestuurd. Anna en ik mochten tot middernacht opblijven. Dat mocht ik vorig jaar ook al, maar toen was ik voortijdig ingedommeld. Ditmaal slaagde ik erin mijn ogen open te houden, zoals me een week geleden tijdens de nachtmis ook gelukt was. Om kwart voor twaalf maakten we mijn zusje wakker. Om twaalf uur stonden we met ons vijven voor het raam en hieven, terwijl de eerste vuurpijlen de hemel verlichtten, onze glazen op het nieuwe jaar. Mijn ouders hadden champagne, wij Seven-Up. Met een gelukzalige glimlach ontving Charlotte mijn kus op haar wang. Ze vond dat haar grote broer haar op dit punt schromelijk tekort deed – drie, vier kusjes per jaar, dan had ze het wel zo'n beetje gehad. Behalve mijn moeder kuste ik niemand graag. Maar met Nieuwjaar deed zelfs ik niet moeilijk.

Door het raam bewonderden we het vuurwerk. 'Daar gaat weer voor een kapitaal de lucht in,' zei mijn vader. Dat we ons naar buiten zouden wagen, laat staan zelf de lont in het kruitvat steken, was ondenkbaar. Een oog ben je zo kwijt, vonden mijn ouders. Ons vermaak bestond uit het tot ontbranding brengen van sterretjes. Tegelijkertijd staken mijn zussen en ik zo'n metalen staafje met magnesiumpoeder in een kaarsvlam, en de witgele vonkenregen, het geknetter en het kriebelend gevoel van het 'koud vuur' op je hand vonden wij al sensatie genoeg.

Toen we Orlov hoorden janken kon Charlotte zich niet langer bedwingen en ging naar de hal om hem, tegen de instructies in, te kalmeren. Omdat ze vervolgens de hal niet meer uit wilde komen, verplaatsten we de rieten mand naar de huiskamer. Daar lag Orlov bevend over al zijn ledematen onder de kerstboom, terwijl Charlotte hem over zijn kop aaide. Hij was de sterkste hond van de straat, maar Oud en Nieuw kon hem gestolen worden. Ook bij onweer was hij trouwens geen held.

Om één uur, toen er alleen nog een incidentele knal klonk, gingen we naar bed. De volgende dag zaten we met kleine ogen in de kerk om Gods zegen voor het nieuwe jaar af te smeken. Dat we kwetsbaar waren, dat ieder moment de grond onder onze voeten weg kon zakken, daar waren we goed van doordrongen omdat drie maanden eerder onze Italiaanse oom was verongelukt. Mijn neef Fausto had nu geen vader meer.

'Jullie moeten niet vergeten God te bedanken,' zei mijn moeder sindsdien geregeld, 'omdat wij vijven nog samen zijn.'

Maar na de optimistische preek van de pastoor en na mijn eigen vurige gebed had ik, toen we de kerk uitliepen, gedragen door de vreugdevolle klanken van het orgel, het idee dat er weinig mis kon gaan, in 1978.

# 7

Op de eerste schooldag van het nieuwe kalenderjaar doemde er een militair op voor de deur van het kaslokaal. Onze onderwijzer, meneer Van Stipriaan, die tevens het schoolhoofd was, ging de gang op en sprak met hem. Door de deurruit konden we de militair bekijken, hij droeg een blauw uniform. 'Luchtmacht… majoor,' maakte Richard Haring feilloos op. 'Buck Danny,' fluisterde Tom Nooijen. De officier bleek gekomen om een nieuwe leerling af te leveren, die even later door meneer Van Stipriaan voor het schoolbord werd geleid.

'Jongens en meisjes, dit is onze nieuwe klasgenoot, Esther Parijs. Waar kom je vandaan, Esther? Uit Amersfoort? Dus niet uit Parijs!' Toen de klas uitgelachen was, werd meneer Van Stipriaan ernstig. 'Esthers ouders zijn gescheiden, dus ik denk dat we allemaal extra aardig tegen haar zullen zijn, nietwaar?' Hij stond achter het meisje, hij had zijn handen op haar schouders gelegd. Esther droeg een donkerrode overgooier. Haar lange haar zat in een paardenstaart. Ze staarde naar de grond.

Echtscheiding kwam niet veel voor. Er was bij ons in de klas één meisje van wie iedereen wist dat haar ouders uit elkaar waren, Cindy Vrolijk, maar bij haar kon je het aan de buitenkant niet zien. Bij Esther wel. Nu ik het wist, tenminste.

Het was sinds enige tijd mijn grootste angst dat mijn eigen ouders zouden gaan scheiden. Ik had het mijn moeder een keer rechtstreeks gevraagd: 'Mama, jullie gaan toch niet scheiden?' Ik had dat woord niet kunnen uitspreken zonder te gaan huilen, en mijn moeder had me meteen stevig vastgepakt en gezegd: 'O jongen, wat prakkiseer jij toch? Alle ouders maken wel eens ruzie, dat heeft niets te betekenen!' En ze had eraan toegevoegd: 'Trouwens, ik krijg mijn ring niet eens meer van mijn vinger. Hier, probeer het maar.' Het lukte me inderdaad niet haar gouden ring over het onderste vingerkootje heen te wrikken. 'Toen ik trouwde was ik nog slank,' had mijn moeder met spijt in haar stem gezegd.

Esther kreeg een plaats toegewezen naast Alexander Blankwater, die zijn blijdschap over dit lot uit de loterij knap wist te verbergen. Ook tijdens de pauze week Alexander niet van haar zijde. Hij schermde haar van ons af, kennelijk meende hij bijzondere rechten op haar te kunnen doen gelden. Richard Haring moest hem op het schoolplein ruw opzij duwen om Esther te kunnen vragen of haar vader straaljagerpiloot was. 'Geweest,' antwoordde Esther. Toen werd ze door Cindy Vrolijk meegetrokken om een wild meisjesspelletje te spelen. Ze had lange benen, en met trots zag ik hoe hard ze kon lopen.

De bel werd geluid en ik liep naar de ingang om me in de rij op te stellen. In het voorbijgaan zei ik 'Hoi' tegen Esther. 'Hoi,' zei ze terug. Ik zag dat ze me herkend had. Dat was voorlopig genoeg voor mij. Even later stonden we allemaal in formatie, en opgewekt marcheerde ik naar binnen.

# 8

Iedereen moest een spreekbeurt houden. Er konden rare dingen gebeuren, tijdens zo'n spreekbeurt. Johnnie van den Biggelaar was onderuitgegaan. Hij was al lijkbleek toen hij voor de klas ging staan. 'Waar gaat jouw spreekbeurt over, Johnnie?' vroeg meneer Van Stipriaan, die achter in de klas had plaatsgenomen om Johnnie ruim baan te geven.

Johnnie mompelde iets onverstaanbaars.

'Waarover zeg je?'

'Vissen!'

'Goed, begin maar.'

'De vis is…' zei Johnnie luid. Dat hij beefde, konden we zien aan het blaadje in zijn handen. '… heeft kieuwen,' liet hij er zachtjes op volgen – en toen was hij langzaam gaan hellen, om met een bons tegen de vlakte te gaan.

Jelle de Jong, die kortgeleden uit Friesland was gekomen en zich wat afzijdig hield, vertoonde geen spoor van zenuwen toen hij zijn plaats voor het schoolbord moest innemen. Hij legde zijn blaadje op het bureau van meneer Van Stipriaan en stak meteen van wal.

'Handen uit je zakken,' onderbrak meneer Van Stipriaan hem.

Jelle haalde zijn handen uit zijn zakken en liet ze slap langs zijn lichaam hangen. Hij begon opnieuw.

'Misschien kun je je kauwgom uit je mond halen,' zei meneer Van Stipriaan. 'Het is maar een idee.'

Jelle staarde koeltjes de klas in. Zijn kaken bleven tergend langzaam malen. We wachtten ademloos totdat hij zijn rebellie zou opgeven en een hand naar zijn mond brengen. Toen kwamen zijn kaken tot rust en zagen we hem als een aalscholver slikken, waarna hij met een triomfantelijk lachje zijn spreekbeurt hervatte.

We beloonden hem met een hoog cijfer. Na een spreekbeurt mocht iedereen namelijk kort zijn mening over de geleverde prestatie geven en zijn waardering in een cijfer uitdrukken. Die cijfers werden op het schoolbord genoteerd en opgeteld, en het totaal werd gedeeld door het aantal leerlingen. Daarna volgde het oordeel van meneer Van Stipriaan, dat precies evenveel gewicht in de schaal legde als dat van de hele klas samen. Meneer Van Stipriaan vond Jelles spreekbeurt een zeven waard, de klas een acht, en met een zevenenhalf op zak slenterde Jelle weer naar zijn plaats.

Anil en Mira Chandra hadden bij wijze van hoge uitzondering samen een spreekbeurt mogen houden, over Suriname. Ze waren vorig jaar bij ons in de klas gekomen. Het leek me dat ze zich instinctief aangetrokken zouden voelen tot Sonny Pattinama, maar er was niets dat op bijzondere sympathie tussen Hindoestanen en Molukkers wees. Anil en Mira stonden me een beetje tegen, hun kleren waren smoezelig en ouderwets, en er hing een aparte geur om hen heen, maar omdat ik wist dat je medelijden moest hebben met mensen die buiten hun schuld in een ver land geboren waren, behandelde ik hen altijd vriendelijk. Ze waren heel ijverig en gezagsgetrouw. Hun spreekbeurt was saai – er werd in Suriname veel rijst verbouwd –, maar we hadden er toch een zeven voor overgehad.

Week na week kwam mijn eigen spreekbeurt dichterbij. Ik zou het natuurlijk over vogels hebben, maar welke vogels? Het zou logisch zijn om voor de havik te kiezen. De havik fascineerde me, ik had veel over hem gelezen, ik wist er eigenlijk alles van, en het was mijn liefste wens er ooit een in het echt te zien. Ik zou met gemak tien minuten over de havik kunnen praten, maar onvermijdelijk zou iemand zijn hand opsteken en vragen of ik zelf wel eens een havik had gezien, en ik begreep dat die vraag de bodem onder mijn spreekbeurt weg zou slaan. Uiteindelijk besloot ik het te hebben over vogels die iedereen in zijn eigen tuin kon observeren: de merel, het roodborstje en de huismus. Ik zou mijn poster met illustraties van H.J. Slijper meenemen, en mijn grammofoonplaat met vogelgeluiden, die ik van tante Kristien voor mijn elfde verjaardag had gekregen en die ik thuis, wanneer Anna me gunstig gezind was, mocht afspelen op haar gele Philips pick-up, waarvan het deksel meteen ook de luidspreker was. Ik had een balpen die als een antenne uitschuifbaar was en dus als aanwijsstok gebruikt kon worden, daarmee zou ik de vogelsoorten op de poster aanwijzen. Nadat ik de belangrijkste wetenswaardigheden had uitgeschreven, leerde ik de tekst helemaal van buiten en oefende me erin deze op natuurlijke toon, begeleid door ongekunstelde handgebaren, ten gehore te brengen en op gezette momenten naar het plafond te kijken alsof ik op zoek was naar een woord, dat in werkelijkheid in mijn geheugen gegrift stond. Met mijn horloge nam ik de tijd op.

Het was zaak mijn zenuwen in bedwang te houden. Mijn hart bonkte, mijn stem sloeg over, en dat was alleen nog maar tijdens de repetities op mijn kamer, met geen andere toehoorders dan mijn goudvissen, die nadrukkelijk hun kieuwen bewogen. Ik zag Johnnie van den Biggelaar weer langzaam omvallen.

Met een lange kartonnen koker onder mijn arm arriveerde ik op school, waardoor ik al meteen herkenbaar was als de jongen die vandaag een spreekbeurt moest houden. Tijdens rekenles begonnen mijn tanden al te klapperen. Toen moest ik naar voren komen. Meneer Van Stipriaan bevestigde mijn poster onder de klemmen op het schoolbord en legde mijn grammofoonplaat alvast op de pick-up die tijdens muzieklessen werd gebruikt. Zolang we samen voor de klas stonden voelde ik me nog min of meer beschermd, maar toen liep hij van me weg, ging achter in de klas zitten en gaf me officieel het woord. Zo'n dertig leerlingen keken me aan; ieder had zijn eigen gedachten over mij, die ik niet kon raden. Ik keek naar Johnnie van den Biggelaar, die als geen ander moest begrijpen wat ik doormaakte, maar het enige wat ik in zijn ogen las was leedvermaak. Judith van Zweden stootte Nicolette Bongers aan en fluisterde iets, waarop ze allebei begonnen te giechelen. Esthers gezicht stond buitengewoon ernstig; haar ogen waren gericht op een punt net naast mijn hoofd. Ik voelde mijn benen slap worden.

'Mag ik gaan zitten?' vroeg ik.

Het mocht.

Ik ging aan het bureau van meneer Van Stipriaan zitten en vouwde mijn handen, zoals onze onderwijzer ook vaak deed wanneer hij sprak. Zittend voelde ik me wat beter. Ik keek naar het plafond en zag de eerste regels van mijn spreekbeurt haarscherp verschijnen, en begon ze op te zeggen, precies zoals ik het zo vaak geoefend had, op een toon alsof ik het allemaal ter plekke verzon.

Al na een paar zinnen was ik over mijn zenuwen heen. Ik merkte dat ik bezig was echt een geweldige spreekbeurt te houden. De klas moest soms lachen om wat ik zei, al was het dan op momenten dat ik het totaal niet verwachtte. Ik stond op en begon, hoewel ik het niet geoefend had, voor het schoolbord heen en weer te lopen, ondertussen losjes met mijn aanwijsstok in mijn geopende linkerhand slaand. Ik vond het jammer toen mijn spreekbeurt afgelopen was. Eigenlijk verbaasde het me dat er niet geklapt werd. Er werd na een spreekbeurt weliswaar nooit geklapt, maar ze hadden er vandaag mee kunnen beginnen.

Ik had de tien minuten niet helemaal vol gepraat en meneer Van Stipriaan informeerde of er nog vragen waren. Die waren er, en toen ik ze beantwoordde was ik blij spontaan te kunnen formuleren, in plaats van te moeten doen alsof. Op zeker moment raakte ik zo op dreef dat ik de Latijnse naam uit mijn mouw schudde die Linnaeus aan de merel had gegeven: *Turdus merula.*

Meneer Van Stipriaan schudde ongelovig het hoofd. 'En weet je ook de wetenschappelijke naam voor de huismus?'

'*Passer domesticus*', antwoordde ik ingetogen.

Het was tijd voor de jurering. Mijn klasgenoten oordeelden positief over mijn spreekbeurt. Vooral de vogelgeluiden hadden indruk gemaakt.

Esther gaf me een negen.

Het gemiddelde cijfer van de klas was een achtenhalf. Ten slotte was het aan meneer Van Stipriaan om zijn mening te geven. Hij prees me omdat ik mijn spreekbeurt niet van een blaadje had opgelezen en vond dat ik verbazend veel van vogels wist, het kon niet anders of ik zou een groot bioloog worden. Hij liet een stilte vallen. 'Ik vind het een negenenhalf waard', zei hij toen. Het cijfer voor mijn spreekbeurt kwam daarmee op een negen uit.

Niemand had ooit meer dan een achtenhalf gehaald.

In de winterzon liep ik naar huis, met mijn kartonnen koker onder de arm. Ik had het idee dat ik vanuit de ruimte door een zoomlens naar de planeet aarde keek, en zag mezelf steeds groter in beeld.

Twee weken later hield Claudia van Schaijk een spreekbeurt over Vlieland, het eiland waar ze ieder jaar met haar ouders op vakantie ging. Claudia was een van de meisjes die de laatste tijd de hoogte in waren geschoten, die van voren niet meer plat waren en van wie wij jongens vermoedden dat ze op ons neerkeken. Letterlijk was dat zeker het geval: Claudia van Schaijk, Nicolette Bongers, Wendy Verhoeven en Judith van Zweden waren allemaal een kop groter dan ik, terwijl ik een van de langste jongens van de klas was.

Claudia hield een goede spreekbeurt en ik zou haar minimaal een acht hebben gegeven als ze het niet nodig had gevonden behalve de veerboot, de duinen, de vuurtoren en de zeehondjes óók nog de meeuwenkolonie van Vlieland te behandelen. Het waren vooral kokmeeuwen, te herkennen aan hun chocoladebruine kap, die er nestelden, zei Claudia, en ze hield een boek omhoog – een blanco blaadje dwarrelde eruit – met een foto van een kokmeeuw die eruitzag alsof hij zijn kop in een kom chocoladesaus had gedoopt. Vervolgens begon ze te vertellen over het broedgedrag van de kokmeeuw, tot mijn stijgende verontwaardiging, en schotelde ons een foto van een nest met drie eieren voor.

De klas was heel enthousiast over deze excursie over het waddeneiland. De eerste negens stonden al op het bord toen ik het woord kreeg. Ik vond het een heel goede spreekbeurt, zei ik. Ja, een goede spreekbeurt. Wel wees ik Claudia erop dat de kokmeeuw alleen in de zomer herkenbaar was aan een chocoladebruine kop; in winterkleed was zijn kop natuurlijk wit, met slechts een donkere vlek achter zijn oog. (Claudia keek me uitdrukkingsloos aan.) Maar het was een heel redelijke spreekbeurt, zei ik, en ik gaf er een zevenenhalf voor.

Een achtenhalf van de klas en een negen van meneer Van Stipriaan leverden samen een negen min op. Ik herademde.

Op het schoolplein kwamen Richard Haring en Tom Nooijen naar me toe en eisten opheldering. 'Ik vond het geen acht waard,' zei ik, 'daarvoor las ze te veel van haar blaadje voor.'

'Je bent jaloers,' zei Richard.

'Ja, je bent jaloers omdat Claudia zo'n goede spreekbeurt heeft gehouden.' Tom zou zoiets nooit tegen me durven zeggen zonder Richard als bondgenoot. Ik wist dat je voor Richard moest oppassen.

'Zijn jullie soms verliefd op Claudia?' vroeg ik smalend.

'Hou je bek.' Tom keek schichtig om zich heen. Tussen kris-kras rennende jongens staken Claudia, Nicolette, Wendy en Judith het schoolplein over, statig als giraffen op een savanne vol apen.

'Je bent jaloers,' herhaalde Richard.

'En waarom zou ik jaloers zijn op een negen min,' vroeg ik beheerst, 'als ik zelf een negen had?' Daar viel geen speld tussen te krijgen.

'Dat zou je willen, dat jij een negen had. Maar je had hele-maal geen negen.'

'Hè, wat?' stamelde ik.

'Je had geen negen, man!' zei nu ook Tom Nooijen.

Dit was belachelijk.

'O nee, had ik geen negen? Wat had ik dan?'

'Zie je wel, je weet het zelf niet eens,' zei Richard triomfan-telijk. 'Je had een acht.'

'Een acht, ik weet het nog goed,' zei Tom.

Ik was verbijsterd.

Meneer Van Stipriaan kwam aanlopen met de bel in zijn hand. Richard schoot op hem af en zei, duidelijk verstaan-baar voor mij, dat ik jaloers op Claudia was omdat ze zo'n goede spreekbeurt had gehouden. Meneer Van Stipriaan liet zijn ogen even op me rusten. Hij wees Richard niet terecht, hij zei niets om me in bescherming te nemen, hij keek me al-leen maar aan. Toen begon hij zijn bel te luiden ten teken dat de pauze voorbij was; de schelle slagen op het metaal troffen mijn oren als een verwijt. Ik nam mijn plaats in de rij in en liep met neergeslagen ogen naar binnen.

Thuisgekomen voor het middageten deed ik, struikelend over mijn woorden, zo overstuur was ik, mijn vader verslag van het onrecht dat me was aangedaan en ik verbond er de logische conclusie aan dat ik nooit van mijn leven nog een stap op die school zou zetten. Om me tot bedaren te brengen zon mijn vader op een krachtig middel. Na enig nadenken had hij het gevonden: 'Bel je moeder maar.'

Hij gaf me het nummer van mijn moeders school in Ravenstein. Zenuwachtig omdat ik zelden telefoneerde, maar in het vooruitzicht dat de redding nabij was, bediende ik met trillende wijsvinger de draaischijf van de telefoon. Er wachtte me een onaangename verrassing. Mijn moeder klonk helemaal niet als iemand die rustig bij de telefoon zat te wachten om de problemen van haar kinderen op te lossen, ze was ongeduldig, had het razend druk, en zodra ze had begrepen dat ik niet vanwege een noodgeval belde, gaf ze me de wind van voren. 'Wat zullen we nou beleven?' Dat was een geliefde uitdrukking van haar. 'Wat haal je je in je hoofd? Je gaat naar school, en snel een beetje!'

Maar ik hoefde nog niet te vertrekken, het was pas kwart over twaalf. 'Kom je niet aan tafel?' riep mijn vader me na. Op de trap hield ik me nog groot, maar toen ik de deur van mijn kamer opende, begon alles voor mijn ogen vloeibaar te worden. Ik wierp me languit op bed en sloeg op mijn kussen in. 'Niemand!' schreeuwde ik. 'Niemand!' Want er was niemand op de hele wereld die me begreep. Ik zette mijn bril af, waarvan de glazen nat en beslagen waren, en begroef mijn hoofd in het kussen.

Plotseling hield ik op met snikken en luisterde scherp. Het was doodstil om me heen. Met voldoening constateerde ik dat de hele wereld tijdens mijn uitbarsting de adem had ingehouden. Ik poetste mijn bril. 'Ik ga zeker niet terug naar school,' zei ik tegen mijn vissen, die sierlijk door hun aquarium gleden.

Ik ging beneden aan tafel. Bij het luiden van de bel was ik weer op school, waar Richard en Tom hun pesterij totaal vergeten leken, meneer Van Stipriaan me prees toen ik een goed antwoord gaf en Claudia me vriendelijk toelachte.

Wie niets vergeten was, dat was mijn moeder. 's Avonds hoorde ik haar uitvaren tegen mijn vader, die mij niet had weten te kalmeren. Het was een zware dag voor haar geweest: er was een kleuterleidster ziek geworden en er had zich een lekkage in het gebouw voorgedaan, zodat mijn moeder – die hoofdleidster was – moest rondbellen om aan een vervangende kracht en een loodgieter te komen, die beiden even moeilijk te vinden waren, en ondertussen toezicht op twee klassen moest houden, tijd om te eten had ze niet gehad – 'en dan krijg ik ook nog een hysterisch kind aan de lijn.'

Dat was ík dus.

# 9

Op zondagen gingen we vaak naar opa en oma in Leende, een autorit van ongeveer drie kwartier, als de brug in Son open was tenminste. Na Eindhoven voerde de snelweg door natuurgebied Leenderheide, en trof ik van tijd tot tijd mijn favoriete verkeersbord aan, met het springende hert. Vooral 's avonds, op de terugweg, was het spannend om het edelhert in het schijnsel van de koplampen te zien, al was het dan gevangen in een rode gevarendriehoek.

Opa ontving ons in de deuropening, gekleed in een donker kostuum, met in zijn linkerhand een sigaar die hij zorgvuldig op borsthoogte hield, zodat zijn kleinkinderen zich er niet aan konden branden. Oma verscheen achter in de gang, om ons toe te lachen en weer te verdwijnen. In de salon kregen we twee dozen vlaai voorgezet, zodat we konden kiezen. Op de schoorsteenmantel tikte een vergulde pendule onder een glazen stolp, geflankeerd door twee grote koperen kandelaars met crèmekleurige kaarsen die nooit werden aangestoken. Boven de bank hing een schilderij waarop een boer te zien was die hout sprokkelde in een zomers bos, terwijl zijn paard, gespannen voor een eenvoudige kar, geduldig op hem wachtte in het goudkleurige, schuin invallende zonlicht, waarin stofdeeltjes of insectenvleugels schitterden. Zo meteen zou de boer weer op de bok klimmen, de teugels losjes in de hand nemen en met zijn tong klakken, om het zandpad te volgen dat met een kronkeling tussen de bomen verdween.

Ingeklemd tussen de muur en de rugleuning van de bank stond opa's buks, waarmee ik ooit na lang zeuren één keer had mogen schieten, mikkend op een schietschijf in de hof. Opa waarschuwde me voor de terugslag, maar toch was ik niet voorbereid op de enorme klap van de kolf tegen mijn schouder... En dat de door mij afgevuurde kogel náást me tegen de ruit van de serre tikte, na op de tuinmuur te zijn afgeketst, was wel het laatste waar ik rekening mee hield; gevoegd bij de oorverdovende knal was het een beangstigende ervaring die ver verwijderd was van de romantische schoten die ik met mijn speelgoedgeweer loste.

Als we onze vlaai op hadden, vertrokken we naar de achterkamer en deden de schuifdeuren dicht, zodat de volwassenen ongestoord over politiek konden praten, het favoriete gespreksonderwerp van opa. Hij zei vaak: 'Ik ben liberaal', bij wijze van inleiding. Hij had zijn bollenkwekerij al lang geleden verkocht, met uitzondering van een lapje grond aan het beekje de Grote Aa, waar hij ons soms mee naartoe nam. Onder ruisende populieren en met uitzicht op de Leendse kerktoren in de verte verbouwde hij puur voor zijn plezier wat groenten, zodat de hele familie zich 's zomers gedwongen zag aan een stuk door snijbonen te eten.

Hij was een kleine, fijngebouwde man, maar de brede, krachtige handen waarmee hij zijn pijp stopte, verraadden het beroep dat hij had uitgeoefend. Met zijn pijp leek hij wel vergroeid; alleen op zondag rookte hij sigaren, waarvan ik de bandjes een blauwe maandag had gespaard. Terwijl achter de schuifdeuren zijn zachte stem klonk, die de verrichtingen van het kabinet-Van Agt becommentarieerde, zaten wij aan de grote tafel een spelletje te doen. Omdat er bij opa en oma alleen een damspel en een stok verfomfaaide kaarten voor handen waren, namen we altijd een spel van huis mee, zoals Stratego. Daarin was ik zeer bedreven. Ik had ontdekt dat de kunst erin bestond ieder risico uit te bannen. Mijn zussen werden snel ongeduldig en drongen met een kapitein of majoor op goed geluk mijn linies binnen, in de veronderstelling dat ze zich vroeg in het spel een eventueel verlies konden veroorloven. Zij benaderden Stratego als een kansspel, ik als een denksport. Nooit zou ik zelfs maar een luitenant blindelings in het avontuur storten, en mijn hoge officieren bleven het grootste deel van de tijd in het verborgene staan wachten op een kans om toe te slaan.

Op een keer werd mijn gluiperige tactiek verijdeld doordat oma de kamer binnenkwam en een van mijn speelstukken van het bord nam, uitgerekend mijn generaal, en hem ondanks mijn protest niet wilde teruggeven. Ze lachte naar me, wetend dat ze iets ondeugends deed, maar mijn arme generaal bleef stevig in haar hand geklemd. De laatste jaren was oma rusteloos van kamer tot kamer gaan zwerven; spreken deed ze steeds minder; af en toe ontdekte opa in de kloof tussen de zitting en de armleuning van de bank een geheime voorraad van de snoepjes die haar vanwege haar suikerziekte werden ontzegd. 'Betrapt!' riep hij dan, 'jij slimmerik!'

Aan het eind van de middag werd de tafel in de keuken gedekt voor de broodmaaltijd. Mijn moeder opende de deur van de provisiekelder en reikte naar de planken met levensmiddelen, die naast de trap bevestigd waren. Ik mocht die trap niet af omdat hij smalle treden had en gevaarlijk steil was, maar ik verbeeldde me dat het zou zijn alsof je afdaalde naar een kerker in een kasteel.

Het hele huis vond ik trouwens fascinerend, met zijn erkers, gaskachels en schuifdeuren met glas-in-lood. De verscholen hoekjes en ingebouwde kasten nodigden uit tot verstoppertje spelen, wat we vaak hadden gedaan toen we kleiner waren. In de gang hing een telefoon van zwart bakeliet aan de wand, die rinkelde met een dun, verloren geluid, alsof er iemand belde die al bijna dood was.

's Winters was het koud in de gang, hoewel minder koud dan in het toilet, dat aan de achterzijde van het huis was aangebouwd. Om het licht aan te maken moest je de zwarte schakelaar tussen duim en wijsvinger nemen en omdraaien. De stortbak bevond zich in de hoogte; een, twee, drie keer trok je aan het koord – er gebeurde niets. Dan klonk er een aarzelend gorgelen, en ten slotte een donderend geraas alsof je per ongeluk de zondvloed had veroorzaakt.

Op de verjaardagen van opa en oma was het huis vol familie. Van mijn vijf tantes was er een naar Italië geëmigreerd, maar de andere woonden allemaal in de buurt van Eindhoven. Ik vermaakte me met mijn neven en nichten; ooms en tantes gaf ik keurig een hand, zonder dat er sprake was van veel wederzijdse bemoeienis. Volwassenen en kinderen hadden hun eigen niveau, zoals de vegetatie in een bos. Wij vormden de wringende, kronkelende plantenwereld, en onze ouders de dikke bomen die hoog boven onze hoofden ruisten. Het kwam niet bij me op ongevraagd iets tegen mijn ooms of tantes te zeggen, maar dat betekende niet dat ik bang voor ze was of ze niet mocht. Beschut onder het bladerdak gingen we onze eigen gang.

Wanneer we afscheid van opa namen, kregen we ieder een chocoladereep, die we met gespeelde vreugde aanvaardden – gespeeld omdat mijn moeder de repen opeiste zodra we in de auto zaten. Snoepen was slecht voor de tanden. Al het snoep dat we kregen, ging thuis een keukenkastje in, om er nooit meer uit te komen.

De terugweg door het donker duurde lang. Bij Leenderheide overkwam het ons een keer dat we door een politieauto tot stoppen werden gemaand. 'Kalm blijven, kalm blijven!' zei mijn vader. Ik hoorde hem zwaar ademen. Een agent naderde langzaam het portier waarvan mijn vader, zijn keel schrapend, het raampje naar beneden draaide. De agent boog zich voorover en liet zijn blik over alle inzittenden gaan. Ik verstarde op de achterbank. Toen de agent hem vroeg even uit te stappen, maakte mijn vader met veel omhaal zijn autogordel los, om te benadrukken dat hij die gewetensvol droeg. Hij stapte uit, de agent sloeg het portier achter hem dicht. Op een afstandje van de auto voerden ze een gesprek dat we niet konden volgen. Ondertussen kwam er een tweede politieman, die langzaam om onze auto heen liep, terwijl hij deze met een zaklamp bescheen. Binnenin zeiden we geen woord. We voelden onze auto schudden in de zuiging van een passerende vrachtwagen.

Mijn vader stapte weer in. 'En?' vroeg mijn moeder. Hij antwoordde niet, gespte zijn gordel weer om, wachtte tot de politiewagen voor ons optrok – stak in het donker zijn hand op bij wijze van groet – en voegde zich weer in het verkeer. Eenmaal op gang gekomen, vloekte hij verschrikkelijk. Hij was bekeurd wegens te hard rijden.

'Dat verbaast me niets,' zei mijn moeder. 'Hoe vaak heb ik je niet gezegd dat je te hard rijdt?'

'Hou toch op!' snauwde mijn vader.

'Het is je eigen schuld. En het is heel attent van die agent dat hij je vraagt uit te stappen, in plaats van je voor de ogen van je kinderen de les te lezen.'

'Bedankt. Aan jou heb ik ook wat.'

'Natuurlijk, reageer het maar weer op mij af.'

In de achteruitkijkspiegel troffen de woedende ogen van mijn vader de mijne.

# 10

Esther was veranderd. Uiterlijk was ze nog hetzelfde meisje met dunne armen, maar in mijn verbeelding was ze een sprookjesfiguur geworden, een oosterse prinses. Zelf veranderde ik, wanneer ik bij haar in de buurt was, van een gewone jongen in iemand die ze niet alle vijf op een rijtje had.

Wanneer ik 's avonds alleen in mijn kamer was, stelde ik me voor dat ik haar mocht kussen. Ik zou mijn ogen sluiten en mijn lippen op haar wang drukken. In dat gefantaseerde moment loste de hele wereld op: ik was net zomin in staat te bedenken wat er na die kus zou kunnen gebeuren, als na het uitdoven van de zon (mijn oudste neef, die zelf een sterrenkijker in elkaar had gezet, had me verteld dat we op onze planeet uiteindelijk in het donker zouden komen te zitten.) Charlotte, die alles over had voor een kus van mij, moest eens weten hoe vurig ik naar de wang van een meisje verlangde.

Op een dag liep ik van school naar huis toen ik iemand hoorde lachen. Esther bleek achter me te lopen, naast Cindy Vrolijk, die waarschijnlijk bij haar thuis ging spelen. Ik wist inmiddels dat Esther met alleen haar vader, de luchtmachtofficier, in het donkere landhuis woonde. Aangezien we dezelfde weg moesten afleggen, was het me een raadsel waarom ik haar niet vaker voor of achter me zag lopen. Cindy zwaaide naar me. Onzeker hield ik mijn pas in. Ik knielde neer om de veter van mijn rechterschoen opnieuw te strikken, alsof een goed strak zittende schoen me tot heldendaden zou inspireren.

Toen ze bij me waren gekomen, liep ik met hen op. 'Weet je?' zei Cindy, 'Esther wil je wat zeggen.'

'Nee!' riep Esther verschrikt en ze legde haar hand op de mond van haar vriendin. Cindy trok die hand weg en herhaalde: 'Ze wil je wat zeggen!'

Esther deed alsof ze Cindy wilde wurgen. Cindy proestte het uit.

Stijfjes lachte ik mee. Cindy kwam pal voor me staan, waardoor ze me de pas afsneed, keek recht in mijn ogen en zong in een denkbeeldige microfoon: 'Oh Denis doo-be-do, I'm in love with you, Denis doo-be-do, I'm in love with you...' Esther duwde haar weg en zei: 'Ik weet niet wat er met haar aan de hand is, hoor.' We liepen verder.

Ik schaamde me intens, waarvoor wist ik niet precies. Misschien voor mijn gebrek aan daadkracht, want hoewel ik me al zo vaak had voorgenomen bepaalde dingen tegen Esther te zeggen als de gelegenheid zich voordeed, bewoog ik nu zwijgend en houterig naast haar voort. We waren al bijna bij het plantsoen waar ik vorig jaar een gekraagde roodstaart had gezien. Die beuk daar, voordat we bij die beuk kwamen zou ik iets zeggen.

We liepen voorbij de beuk.

De rozenstruiken. Vóór de rozenstruiken.

We lieten de rozenstruiken achter ons.

Het was alsof mijn spanning was overgeslagen op de twee meisjes, die eveneens zwegen. Cindy brak in het voorbijgaan een vermolmde tak van een boom; het gaf een droog, knappend geluid.

Mijn huis kwam al in zicht.

Ik verzamelde al mijn moed en vroeg Esther of zij en haar vader 's avonds thee dronken.

Verbaasd antwoordde ze dat ze dat inderdaad deden.

Ik informeerde naar het tijdstip.

'Meestal rond een uur of acht.'

'En eten jullie daar dan een koekje bij?'

'Ja!'

'Wat voor koekje?'

'We hebben vaak bastognekoek.'

'Getverderrie,' zei Cindy.

Ik was bij mijn huis gekomen. 'Tot morgen,' zei ik.

'Wacht!' riep Esther. 'Wat voor koekjes hebben jullie bij de thee?'

Ik dacht even na.

'Dat varieert,' zei ik.

Vergeefs probeerde ik mijn moeder te overreden het tijdstip waarop wij 's avonds thee dronken te vervroegen; het was en bleef kwart over acht. Wel wilde ze een keer bastognekoeken kopen, om te zien hoe dat beviel.

Iedere avond als de gongslag van het journaal klonk en het gezicht van Rien Huizing in beeld verscheen, dacht ik als een soort toverformule: nu zitten ze aan de thee – en dan voelde ik me gelukkig omdat ik dankzij deze wetenschap in Esthers huiselijk leven doordrong, zover zelfs dat ik voor mijn geestesoog heel duidelijk haar vader zag zitten, kaarsrecht in zijn blauwe uniform, zijn officierspet rustend op zijn knie, terwijl hij met mannelijke vastberadenheid zijn kopje thee hief, waar de damp van afsloeg.

## 11

Toen mijn vader van zijn werk kwam en mijn moeder wilde kussen, draaide ze hem de rug toe. 'Jongens, aan tafel,' zei ze.

Tijdens het eten spraken ze geen woord met elkaar. Direct na het toetje werden we naar boven gestuurd. Mijn ouders bleven in de keuken achter om de afwas te doen. Ik probeerde op mijn kamer te lezen, maar het lukte me niet mijn gedachten bij mijn boek te houden. Vanuit de keuken verspreidde een verstikkend zwijgen zich als gas door het hele huis. Ik legde mijn boek weg en keek, mijn hoofd steunend op mijn gebalde vuist, naar mijn vissen. De beschutte wereld van het aquarium met zijn gedempte groene licht leek me op dit moment een aanlokkelijk onderkomen. Mijn vissen keken, traag langs het glas glijdend, koelbloedig terug; met een nauwelijks merkbare beweging van hun staartvin veranderden ze van koers.

Toen kwam de ontploffing. Het zwijgen was heel erg, vooral omdat het dagenlang kon doorgaan, maar als mijn ouders eenmaal begonnen te ruziën, had die stilte toch mijn voorkeur. Snel opende ik mijn kamerdeur om te horen waar het over ging. Ik maakte op dat mijn moeder die middag (het was woensdag) onverwacht op het kantoor van mijn vader was verschenen, waar ze hem had aangetroffen terwijl er 'een blonde sloerie' – een soort vrouw, vermoedde ik – over zijn schouder hing.

De sloerie was mijn vaders secretaresse.

Waarom hing ze dan over zijn schouder?

Om een ingewikkelde berekening op papier te volgen.

Mijn moeder wierp iets tegen wat ik niet kon verstaan.

Mijn moeder zag spoken!

Mijn vader was een leugenaar!

Op dat moment verscheen Charlotte met een verwilderd gezicht op de overloop. Ik ging naar haar toe. Anna, die net als ik in de deuropening van haar kamer stond te luisteren, wenkte ons. Toen we in haar kamer waren sloot ze de deur en zei resoluut: 'We gaan niet huilen.' Charlotte en ik gingen op bed zitten, onder de poster van Dave, die uit *Popfoto* kwam. Zelf nam Anna plaats op de kruk achter haar bureau. 'Het gaat wel weer over,' zei ze.

Charlotte hield haar ogen strak op de grond gericht en wreef met de muis van haar rechterhand in een onophoudelijke cirkelbeweging over haar rechter jukbeen, zoals altijd wanneer ze over haar toeren was. Anna en ik keken elkaar aan. We hoorden onze vader schreeuwen.

'Proefwerk,' zei ik snel.

'Wat?' zei Anna.

'Je krijgt een onaangekondigd proefwerk, Charlotte. Ik heb je zoveel over vogels geleerd... Laten we eens zien wat je daarvan onthouden hebt.'

Charlotte keek op, maar haar gezicht stond nog steeds op huilen.

'En heel misschien... als je het heel goed doet... misschien krijg je dan een kusje.'

Hoop brak door op het gezicht van mijn zusje.

'Kom hier maar zitten,' zei Anna, die van haar kruk opstond. Ze scheurde een vel uit haar schrijfblok en legde een balpen klaar. Charlotte ging aan het bureau zitten en ik begon met mijn handen op mijn rug door de kamer te ijsberen, net als meneer Van Stipriaan tijdens dictee deed.

'Wat is de gemiddelde lichaamstemperatuur van vogels? Ik herhaal: de gemiddelde lichaamstemperatuur.'

Anna, zittend op het bed, trok haar wenkbrauwen op.

'Welke vogel vliegt het snelst van allemaal? En hoe snel is dat?'

In gedachten zag ik de slechtvalk door het luchtruim suizen.

'De merel, de zanglijster en de grote lijster behoren tot dezelfde familie, de familie van de lijsters. Tot welke familie behoort de gierzwaluw?'

Charlotte, die de strikvraag doorzag, begon te grinniken. De gierzwaluw maakte geen deel uit van de familie van de zwaluwen, maar van de familie van de gierzwaluwen.

'Heb je dat?' vroeg ik.

Ik moest even nadenken voordat me een nieuwe vraag te binnen wilde schieten. Het geruzie beneden werd luider.

'Stel dat je een niet al te grote vogel tegen een boomstam ziet zitten. Doordat je tegenlicht hebt, kun je zijn verenkleed niet goed zien…'

De huiskamerdeur werd opengegooid. 'Ik ben weg!' klonk mijn vaders stem in de hal. 'Ik pak de auto en ik ben weg!'

'Maar je ziet wel dat de vogel met zijn kop omlaag over de stam naar beneden loopt…'

'Veel plezier!' riep mijn moeder.

'Wat voor vogel is het dan…'

'Ik zet mijn auto tegen een boom!'

'Een boomkruiper of een boomklever?'

Mijn vader sloeg met de deuren. In de garage gaf hij wild gas. Vanuit het raam zag ik hem over de oprit scheuren en met veel te hoge snelheid de weg op draaien. Ondertussen vroeg ik Charlotte de snavel van de wulp en de kluut te tekenen. Toen de rust in huis was weergekeerd, zei ik: 'Pennen neer!' Charlotte ging naast Anna op het bed zitten en ik nam op de kruk plaats om het proefwerk na te kijken. Zoals ik had verwacht had Charlotte geen enkele fout gemaakt, ik hoefde Anna's rode balpen slechts te gebruiken om een tien te noteren.

'Hoe weet je dat allemaal?' vroeg Anna.

'Dat heb ik van hém geleerd,' zei Charlotte.

'Charlotte,' zei ik, 'het ziet ernaar uit dat je een kusje verdiend hebt.'

Met gesloten ogen bood ze me haar gloeiende wang aan, waar ik, mijn tegenzin verbergend, een kus op drukte.

De voetstappen van mijn moeder klonken op de trap. Charlotte holde de kamer uit en riep: 'Ik heb een kusje gehad!'

'Mooi, mooi,' mompelde mijn moeder en ging naar de badkamer.

Even later verscheen ze bij ons in Anna's kamer. Ze had haar gezicht met koud water gewassen; het was rood.

'Hoe is het hier?' vroeg ze.

'O, prima,' zei Anna onverschillig.

Nog geen uur later was mijn vader terug. Hij nam zijn plaats op de bank in en zei geen woord; wij liepen op onze tenen door de huiskamer. Toen ik hem van een veilige afstand welterusten wenste, liet hij zijn krant zakken en staarde me aan met ogen die veelzeggender waren dan de bitterste klacht, zodat ik verpletterd door zijn verdriet naar bed ging.

A l wekenlang was onze klas in de ban van de Citotoets. Meneer Van Stipriaan had het belang ervan keer op keer uitgelegd: de drie dagen van de toets waren beslissend voor de rest van ons leven. Hij schetste de vooruitzichten van leerlingen die de toets goed zouden maken: zij zouden volgend schooljaar op het vwo verwelkomd worden en later op de universiteit, waarna ieder interessant beroep, van minister tot raketgeleerde, binnen hun bereik lag. Wie de toets echter verprutste, zou worden verwezen naar de anonieme rangen van de lts en de huishoudschool. (Ik stelde me voor dat je, lopend langs de vensters van deze instellingen, tralies zou zien, waar bleke vuisten vanuit het donker machteloos aan rukten.) Steevast eindigde meneer Van Stipriaan zijn uitleg met de opmerking dat we, of we nu hersenchirurg of putjesschepper zouden worden, natuurlijk allemaal gelijk waren. Ik knikte braaf. Daar geloofde ik niets van.

Op 28 februari verscheen mijn moeder verbaasd aan mijn bed. Ik was, nadat ze me gewekt had, opnieuw in slaap gevallen, uitgerekend op de dag van de Citotoets. Versuft stond ik op. Ze legde haar hand op mijn voorhoofd. 'Je hebt koorts.' Ze belde meneer Van Stipriaan thuis op en legde de situatie aan hem voor. Omdat de koorts matig was en het belang van de toets groot, gaf hij het advies mij toch naar school te sturen.

Ik hoefde niet te gaan lopen, mijn vader was bereid me bij de school af te zetten. Toen ik, na uit de auto te zijn gestapt, uit mijn gebukte houding overeindkwam, duizelde het me, en ik moest me aan het portier vasthouden.

Mijn klasgenoten waren er nauwelijks beter aan toe. Johnnie van den Biggelaar haalde zijn bankje bij het raam niet, halverwege de klas ging hij onderuit. Juffrouw Meulenbelt werd weggeroepen uit de tweede klas, ze bracht Johnnie bij kennis en leidde hem het lokaal uit. Hij zou de Citotoets niet maken! Het leek ons dat hij daarmee veroordeeld werd tot een schaduwbestaan – dat hij, als we hem al ooit terug zouden zien, de rest van het jaar als een schim in zijn bankje zou zitten.

We kregen allemaal een nieuwe gum en een nieuw potlood met een onberispelijk geslepen punt. Toen deelde meneer Van Stipriaan de opgaven rond, die we echter nog niet mochten inkijken. Ik zag dat Richard Haring doodnuchter een bladzijde opsloeg – ik dacht dat de bliksem hem zou treffen.

'Wat zei ik nou?' schreeuwde meneer Van Stipriaan.

Met een grijns sloeg Richard de opgaven dicht.

'Vul nu allemaal je naam in op het voorblad,' zei meneer Van Stipriaan, die zich voor de klas opstelde en zijn horloge van zijn pols gespte. We deden wat ons gezegd was. Onze onderwijzer hield zijn horloge vlak voor zijn ogen. Daar zaten we, dertig koortsachtig gespannen leerlingen. De toekomst staarde ons aan. Met moeite kon ik het klapperen van mijn tanden in bedwang houden. Wat zou ik met dit scherpgepunte potlood teweegbrengen? Zou ik omhoog worden gevoerd naar het gymnasium, waar je het hemelse Latijn kon leren, of in de diepte van de lts worden gestort, waar de soldeerbouten al klaar stonden om de vervloekten te schroeien? Meneer Van Stipriaan hief zijn rechterhand. 'Veel succes, kinderen. We beginnen… nu!'

Dertig papiervellen ritselden als één enkel vel. Ik las de eerste opgave een paar keer over. Ik snapte het niet… Ik kon niet geloven dat het zo gemakkelijk was. Toen begreep ik dat de samenstellers van de toets met een simpele vraag hadden willen beginnen om de leerlingen op hun gemak te stellen. Met mijn potlood maakte ik het juiste hokje zwart. De tweede vraag bleek net zo eenvoudig als de eerste, en de derde ook… Ik begon me al wat beter te voelen. Het verbaasde me dat ik iemand achter me hoorde zuchten. Richard Haring zat op zijn stoel te schuiven en zei wanhopig tegen de toets voor zijn neus: 'Hè?' Dat was het laatste wat ik hoorde. Geconcentreerd maakte ik de opgaven. Toen ik klaar was, zat iedereen nog te werken. Ik las alle opgaven nogmaals door, zonder iets aan mijn antwoorden te hoeven veranderen. Daarna sloeg ik de toets dicht en leunde achterover. Meneer Van Stipriaan kreeg me in het oog en herinnerde zich op dat moment waarschijnlijk het telefoontje van mijn moeder. Hij kwam naar me toe en fluisterde: 'Lukt het niet?'

Ik fluisterde terug: 'Ik ben al klaar.'

'Ben je niet ziek dan?'

Ik had me nooit beter gevoeld.

Enkele weken later kregen we in de klas de uitslag te horen. Die middag wachtte ik vol ongeduld op de thuiskomst van mijn moeder uit Ravenstein om haar het nieuws te vertellen, maar ze wist het al, ze wurmde zich uit haar DAF en vloog met fladderende jaspanden op me af om me te omhelzen. Meneer Van Stipriaan had haar op haar werk gebeld om lucht te geven aan zijn blijdschap, want met mijn score, de hoogst mogelijke, had ik onze kleine school eer aangedaan.

De volgende dag was ik – borst vooruit – op weg van school naar huis en stak een verlaten grasveld over. Uit het niets verscheen Richard Haring, in gezelschap van twee oudere jongens die ik niet kende. Alledrie waren ze gewapend met een dunne, gele pvc-buis, en ik begreep meteen dat ze die niet wilden gebruiken om van krantenpapier gevouwen pijlen op me af te schieten.

Richard was groot en sterk, en had de reputatie van een geweldig voetballer. Het stond vast dat hij prof bij Ajax zou worden. Hij droeg altijd gymschoenen en had een speciale, nonchalante manier van lopen, waarbij hij om de paar passen zijn rechter voorvoet even over de grond liet slepen, zodat de punt van zijn schoen opstuiterde. Hij maakte er geen geheim van dat hij me niet mocht, maar ik was tot nu toe gespaard gebleven voor de klappen die hij links en rechts uitdeelde. Waarschijnlijk had ik door een toevallige gebeurtenis in de vierde klas een heel klein beetje ontzag bij hem afgedwongen. Op een winterdag was hij op het beijzelde schoolplein bijna uitgegleden – hij zwaaide met zijn arm, waardoor hij tegen mijn bril sloeg, die van mijn neus vloog. Iemand reikte me mijn bril aan, hij was niet echt beschadigd, maar stond wel scheef toen ik hem opzette. Ik gaf Richard een harde trap, dook boven op hem toen hij ruggelings op het plein was gevallen, en raakte hem met mijn vuisten waar ik kon, totdat een hand van boven zich om mijn pols sloot. Hoewel ik, eenmaal gekalmeerd, wel besefte dat Richard me niet met opzet geraakt had, weigerde ik excuus te maken. 'Hij sloeg tegen mijn bril,' herhaalde ik hardnekkig tegenover meneer Van Stipriaan.

Mijn slachtoffer was een beruchte lastpost, ik een voorbeeldige leerling. Ik kreeg geen straf, zelfs geen berisping. 'Geef elkaar een hand,' zei de onderwijzer. Terwijl we dat deden, zag ik in Richards ogen dat ik in zijn achting gestegen was. Sindsdien had ik alleen hatelijke opmerkingen van hem te duchten gehad.

Richard en de twee oudere jongens – 'lts' flitste door me heen – kwamen recht op me af; hij met zijn sloffende pas. Gemaakt onnozel begroette ik hem. Vijf minuten geleden had ik nog met hem in de klas gezeten. Hij beantwoordde mijn groet met: 'Dag professor.'

Ik glimlachte deemoedig.

'Wat valt er te lachen?' zei een van de grote jongens. Hij had een bleek gezicht, bijna wit, en een laag voorhoofd met diepe denkrimpels, alsof hij al een hele tijd te veel huiswerk kreeg opgegeven. Hij droeg een zwartleren jack, met de kraag omhoog. De gebalde vuist waarmee hij zijn wapen vasthield, leek wel van een volwassen man.

De andere, die een vuile regenjas aan had, vroeg: 'Heb je betaald?'

'Betaald?'

'Om hier te mogen lopen. Heb je tol betaald?'

Deze had een glimmend gezicht met vuurrode puisten. Het verraste me dat hij het woord 'tol' kende, het was geen woord voor dagelijks gebruik. Misschien was zijn vader vrachtwagenchauffeur. Op zijn regenjas zaten zwarte vegen, alsof hij net een band had verwisseld.

'Ik heb geen geld,' zei ik.

'Dan gaan we dat toch even halen?' zei de jongen met het bleke gezicht terwijl hij een stap naar voren deed. 'Waar woon je?'

Ik kreeg zijn onfrisse adem in mijn neus, en meteen had ik er genoeg van me te laten bedreigen. Ik bracht mijn lichaamsgewicht tussen mijn voeten en zakte een beetje door mijn knieën, zoals ik bij judo geleerd had.

'Het is drie tegen één, en jullie hebben stokken.' Ik hoorde dat mijn stem vreemd klonk. 'Dus jullie zijn lafaards.' Eigenlijk had ik 'lafbekken' willen zeggen, maar het was niet mijn bedoeling ze kwaad te maken.

Het bleekgezicht was sprakeloos.

'Een eerlijk gevecht is man tegen man,' legde ik uit. Ondanks mijn gejaagde adem en onvaste stem was er een triomfantelijk gevoel in me opgekomen. Het leek me dat ik het in een eerlijk gevecht tegen niemand hoefde af te leggen; ik hoopte alleen wel dat mijn bril heel bleef.

Krijtwit zei de jongen: 'Dus jij bent die verwaande professor?'

Ik antwoordde niet. Ook al was de afkeer tussen Richard en mij wederzijds, het kwetste me dat een klasgenoot zo over me gesproken had.

De jongen draaide zijn hoofd met een lachje opzij, alsof hij iets tegen zijn vrienden wilde zeggen, en zette ondertussen een stap naar achteren, maar ik wist instinctief dat hij dat alleen maar deed om een slag voor te bereiden, en toen die kwam, weerde ik hem af met mijn onderarm.

De volgende kwam op mijn schouder. Daarna regenden de pvc-buizen op me neer. Al snel bevond ik me op de grond, waar ik me zo klein mogelijk maakte en met mijn handen mijn hoofd beschermde. De jongens lachten. Hun trappen in mijn zij klonken dof, ik droeg een gewatteerde jas, maar de pijn was scherp.

Toen beval Richard te stoppen. Ik was hem intens dankbaar. Ik krabbelde overeind en had de indruk dat de jongens me verwachtingsvol aankeken; om me een houding te geven klopte ik mijn broek af.

'Hij huilt,' zei een van de oudere jongens. Daar was ik me niet van bewust, maar inderdaad, mijn wangen waren nat.

Ik keek Richard aan, die met zijn buis zachtjes tegen zijn wijd uitlopende broekspijp sloeg.

'Zal ik dan maar gaan?' vroeg ik.

Richard vond het goed.

'Hij heeft nog niet betaald,' zei de jongen met de regenjas. Richard legde hem met een handgebaar het zwijgen op. Hij had een vreemde macht over die jongens, die groter waren dan hijzelf.

Ik draaide ze mijn rug toe, vrezend nog een laatste klap te zullen krijgen, en begon te lopen, ineengedoken en hinkend, niet alleen vanwege de pijn, maar ook om die pijn duidelijk te laten zien, zodat de jongens zouden weten dat ze eer van hun werk hadden en me niet achterna zouden komen. Pas toen ik aan de rand van het grasveld was gekomen, durfde ik me om te draaien. De twee oudere jongens hielden een schermduel met hun buizen, maar Richard had me nagekeken en wuifde naar me.

Ik zwaaide terug en hinkte naar huis.

# 13

Voor mijn twaalfde verjaardag kreeg ik drie boeken. Het eerste was een deel in de serie Grote Ontdekkingsreizen en ging over Livingstone en zijn zoektocht naar de bronnen van de Nijl. Met mijn buurjongen Oscar praatte ik dikwijls over ontdekkingsreizen. 'De piramiden,' zei Oscar, terwijl hij met zijn middelvinger zijn bril omhoogschoof op zijn neus, 'hebben schatkamers, en als je die schatkamers binnengaat, sterf je door de vloek van de farao!'

Oscar twijfelde of hij ontdekkingsreiziger wilde worden of zeekapitein, twee beroepen die overigens, mocht hij niet tot een keuze komen, ook handig gecombineerd konden worden door naar nog onontdekte gebieden te varen.

Het tweede boek was *Tristan en Isolde*, verteld door Jaap ter Haar. Ik raakte erdoor betoverd. Vooral door de zin: 'Hoe volmaakt paste haar hoofd in de holte van zijn schouder.' Dagenlang zag ik alleen maar wapperende banieren en helmen met wuivende vederbossen boven galopperende rossen, en ik droomde van het lange, zware, gevlochten haar van koningsdochter Isolde. Er zat één bezwaar aan het boek: de beschreven wereld was onverenigbaar met de wereld om me heen. Ik adoreerde Tristan, ik wilde in zijn voetsporen treden. Een jaar geleden zou ik het bos in zijn gestormd, in de blokhut mijn wapenrusting hebben omgegord, en ridder Morholt aan mijn speelgoedzwaard hebben geregen. Nu vond ik dat beneden mijn waardigheid: ik wilde Tristans avonturen niet naspelen, maar in het echt beleven. De onmogelijkheid van dit verlangen zat me dwars. In theorie zouden mijn ouders een paard en een harnas voor me kunnen kopen, maar dan nog zou de rest van de wereld doen alsof het 1978 was. Mijn heimwee naar de donkere middeleeuwen, toen je nog te paard onafzienbare wouden kon doorkruisen en er altijd wel een roofridder voorhanden was wiens einde je tot eigen glorie kon bespoedigen, vermengde zich met mijn verdriet om de gedoemde liefde tussen Tristan en Isolde, en ik leefde dagenlang in een bitterzoete roes.

Het derde boek was *Bas Banning en de malle maharadja*. In dit deel van de reeks zag de Amsterdamse scholier na het acht-uurjournaal een politiebericht waarin de kijkers om medewerking werd gevraagd bij de opsporing van een meesteroplichter, van wie een foto werd getoond. De volgende dag meende Bas Banning de verdachte te herkennen in een man die op het Centraal Station een kaartje voor de trein naar Parijs kocht… Natuurlijk bedacht hij zich geen moment en sprong op diezelfde trein. Omdat hij geen geld voor een kaartje bij zich had, zette hij zich achter een toevallig gereedstaand buffetkarretje op het balkon, griste het bijbehorende witte uniformjasje van een haak en wist, links en rechts koffie en broodjes serverend, niet alleen de kaartcontrole te ontlopen, maar ook door te dringen tot de eersteklascoupé van de oplichter.

Ik was verrukt. Dit ging duidelijk over het echte leven. Halsoverkop de trein naar Parijs nemen om een verdachte te achtervolgen, dat zou ik vanzelfsprekend ook doen, wanneer ik de leeftijd van Bas Banning had.

Dat ik al lezend een vooruitblik op mijn eigen leven wierp, was niet alleen opwindend maar ook nuttig. Wanneer de dingen me dan zouden overkomen, zou ik niet onvoorbereid zijn.

Altijd een paar gulden op zak hebben, voor de trein naar Parijs.

# 14

In ons bos waren ongeveer dertig vogelsoorten vaste gast. Daarnaast waren er toevallige voorbijgangers, zoals de kramsvogel en de koperwiek die ik op eerste kerstdag had gezien, en de ransuil die vorige herfst onbeweeglijk rechtop in een den had gezeten, en die ik in de schemering nooit ontdekt zou hebben als de mezen en merels in zijn omgeving niet zo'n ophef hadden gemaakt. Alles bij elkaar mocht ik niet ontevreden zijn met het aantal soorten dat ik in onze achtertuin kon observeren. Mijn vogelgids beschreef echter veel meer soorten die ik hier nooit zou aantreffen. Water- en weidevogels lieten onze tuin om begrijpelijke redenen links liggen, en roofvogels kwamen liever in het uitgestrekte natuurgebied buiten ons dorp dan in de villawijk aan de rand ervan. Er was weinig hoop dat ik hier ooit de schuwe havik zou zien, die jaagde waar bos, akkers en weiden elkaar afwisselden, en die liefst in de beschutting van een donker naaldbos nestelde. Om meer soorten in mijn gids te kunnen aankruisen, zou ik eropuit moeten trekken.

Sommige vogelboeken gaven in een voorwoord adviezen aan de beginnende vogelaar, niet alleen over de aanschaf van de onmisbare verrekijker, maar ook over kleding, schoenen, rugzak en dergelijke. Daaruit concludeerde ik dat de echte liefhebber niet afwachtte welke vogels toevallig in zijn tuin zouden landen, maar dagtochten door de vrije natuur maakte. En mijn gevoel zei dat dit klopte – dat je als vogelaar natuurlijk je vleugels uit moest slaan. Het leek me heerlijk om door de velden te zwerven; waar ik een sloot of hek tegenkwam, zou ik eroverheen springen of klimmen, en als het begon te regenen zou ik de aanbevolen regencape uit mijn rugzak halen. Ik droomde ervan onder de wijde hemel omringd te zijn door grasland en akkers, met hier en daar houtwallen, een oude schuur, een boomgaard, en dan mijn ogen in de verte te laten dwalen over een boszoom, waar als een schim een havik voorbij zou schieten... Maar mijn ouders hadden me streng verboden in mijn eentje de natuur in te gaan.

Ik mocht zelfs niet met een groep schoolvriendjes op straat spelen. Ouderlijk toezicht, daar stond mijn moeder op. Ooit was ik op een verjaardagsfeestje geweest waar de moeder van het feestvarken ons na de gebruikelijke huiskamerspelletjes vermoeid naar buiten wuifde. Ik was 's avonds nog zo vol van het kattenkwaad dat we hadden uitgehaald, dat ik mijn ouders er uitgebreid verslag van deed – tot ik mijn moeder zag verbleken. Ze beheerste zich en gaf me kalm te verstaan dat ik er ternauwernood het leven had afgebracht.

'Dat jullie vuurwerk hebben afgestoken...'

'Ik niet!'

'Dat andere jongens vuurwerk hebben afgestoken, vind ik heel erg,' zei mijn moeder. 'Je hebt tenslotte maar twee paar ogen.'

'Nee, je hebt maar één paar ogen,' verbeterde mijn vader.

'Dat zeg ik toch.'

'Nee, je zei...'

'Je hebt maar twee ogen,' zei mijn moeder kortaf, 'en daar moet je je hele leven mee doen.'

'Gelukkig heb ik een bril!' zei ik.

Mijn vader wilde me meteen naar boven sturen om mijn roekeloze avontuur te overdenken, maar mijn moeder vond dat mij persoonlijk geen schuld trof. De verantwoordelijkheid lag helemaal bij de nalatige moeder bij wie ik over de vloer was geweest, vanzelfsprekend voor de laatste keer. Als ik dan beslist met vriendjes wilde spelen, vonden mijn ouders, moest ik hen maar op een woensdagmiddag bij ons thuis uitnodigen, ze zouden vast heel blij zijn in zo'n mooie grote tuin te mogen spelen.

Dat deed ik de eerstvolgende woensdagmiddag. Mijn vriendjes kwamen, bewonderden inderdaad het bos, speelden riddertje, mijn moeder keek uit het raam van haar slaapkamer als een jonkvrouw uit de toren – dit was het befaamde ouderlijk toezicht –, en plotseling raakten mijn vriendjes verveeld en vroegen om de sleutel van de poort.

Achter ons bos lag een spoordijk met roestige rails. Meneer Van Stipriaan, die de geschiedenis van de streek kende, had verteld over deze spoorweg, de oudste in het zuiden van ons land. Aan het eind van de negentiende eeuw was hij een glorieus onderdeel van de snelste verbinding Londen – Berlijn – Sint-Petersburg. Wanneer de Britse vorstin Victoria haar neef Wilhelm, de koning van Pruisen, wilde bezoeken, maakte ze gebruik van dit traject, en als de tsaar van Rusland voor zaken of plezier in Londen moest zijn, snelde hij, achter een fluitende, stampende, in wolken stoom gehulde locomotief, over deze zelfde rails. Ik was door dit spoor zeker niet minder gefascineerd dan mijn vriendjes (het besef van de nabijheid van de tsaar maakte dat ik het blauwe bloed van de Romanovs praktisch door mijn aderen voelde vloeien), maar mijn ouders hadden me verboden door de poort te gaan, met het argument dat ik niet wist wat voor 'volk' er op de spoordijk kwam. Tegenover mijn vriendjes verzon ik dus de smoes dat de sleutel van de poort zoek was; daarop moest ik hen ervan weerhouden over de omheining te klimmen.

De volgende woensdagmiddag verliep net zo: dat enorme domein van ons, waar je heerlijk kon spelen onder het ritselende gewelf, gedragen door levende pilaren, waar je, ook al liep je er al jaren rond, altijd wel een nieuwe nis kon vinden om je te verstoppen, dat werd de anderen al snel te klein. Ditmaal wilden ze de straat op. Met een nieuwe smoes bleef ik achter, verbitterd, een prins opgesloten in zijn paleis.

Dat was jaren geleden. Ik had me er snel mee verzoend dat mijn speelterrein zich tot onze tuin beperkte, en dat Charlotte en Orlov mijn enige speelgenoten waren. Mijn ouders vonden dat een kind het slechter kon treffen, en daar wist ik weinig tegen in te brengen. Maar nu ik wat ouder was, nu ik ornithologische aspiraties had en deze belemmerd zag door mijn isolement, nu lag het anders. Ik stelde me voor dat andere kinderen vrijelijk door bos en veld trokken en daarmee een voorsprong in hun wetenschappelijk onderzoek namen die ik nooit meer zou kunnen inlopen. Je zou zien dat dat me uiteindelijk de Nobelprijs ging kosten.

Op een avond, toen mijn moeder me welterusten kwam zeggen, vertrouwde ik haar toe dat ik het jammer vond dat mijn vader en ik nooit samen iets leuks deden. Sommige jongens gingen namelijk met hun vader naar het voetbalstadion, een jongen in de klas ging hele dagen met zijn vader vissen, en Oscar – ik wees met mijn duim in de richting van de buren – was met zijn vader naar een museum geweest, waar hij een sarcofaag had gezien. Ik zou het zo leuk vinden als mijn vader af en toe met mij de natuur in ging. 'Want in mijn eentje mag ik toch niet…' voegde ik er fijntjes aan toe.

'Schaam jij je niet?' vroeg mijn moeder.

Deze reactie had ik niet verwacht.

Woest trok ze mijn dekbed recht. 'Schaam jij je niet zo over je vader te klagen? Ben je soms vergeten wat er met oom Roberto is gebeurd? Wees blij dat jij een vader hébt!'

Dat was waar. Mijn ogen schoten vol toen ik me realiseerde wat een ondankbare rotjongen ik was. Ik klaagde erover dat mijn vader geen tijd voor me had… Mijn neef Fausto hád niet eens een vader!

'Waarom huil je nu?'

'Omdat ik me schaam!' snikte ik.

Mijn moeder trok voor de zoveelste keer aan het dekbed, bedachtzaam nu, en streek vervolgens over mijn haar. 'Ga nou maar gauw slapen.'

Kort daarna zat ik op een zondagmiddag te tekenen in mijn vaders werkkamer. Ik kwam daar graag. Ik had er het gevoel me in het binnenste van een burcht te bevinden, in het kabinet van de bevelhebber, waarvandaan mijn vader zijn leven, en het onze, bestuurde. De houten vloer, die hier en daar kraakte onder je voeten, werd gedeeltelijk bedekt door een dik tapijt. In het midden van de kamer stond een antiek bureau, waarvan mijn vader beweerde dat het een geheime lade bevatte, wat waar kon zijn, want ik had hem nog niet ontdekt. Midden op het glimmend gepoetste bureaublad, beschenen door een bankierslampje met een kap van wit glas, lag mijn schetsboek. Een krant met de kop ALDO MORO NOG IN LEVEN? had ik opzij gelegd. Ik hoorde voetstappen op de trap en daarna een klop op de deur. 'Entrez,' zei ik.

Tot mijn verrassing was het mijn vader, die op de deur van zijn eigen kamer had geklopt. Hij droeg een dienblad met twee kopjes binnen en zette het op het bureau. 'Warme chocolademelk voor jou, koffie voor mij.' Hij gebaarde dat ik moest blijven zitten, pakte een stoel en nam tegenover me plaats. Ik legde mijn potlood neer.

Mijn vader liet zijn blik over de boekenkasten langs de muren gaan. Hij bekeek zijn kamer natuurlijk nooit vanaf die kant van het bureau. Toen zei hij: 'Zou het niet een leuk idee zijn om eens iets samen te doen... alleen wij tweeën? We zouden naar een voetbalwedstrijd kunnen gaan.'

'Ik ga liever vogels kijken,' zei ik snel. Ik legde uit waar ik met hem naartoe wilde: vlakbij was een natuurgebied met naald- en loofbossen, heidevelden, landweggetjes en akkers waarover een eenzame tractor reed. Dikwijls had ik, als we er met de auto langskwamen, in mijn verbeelding de houten brandtoren beklommen die hoog boven de toppen van de sparren uitstak. Ik wist zeker dat ik hier het doordringende 'hi-ek, hi-ek' van de havik zou horen.

'Prima,' zei mijn vader, 'dan gaan we daar volgende week zaterdag of zondag heen.'

'We moeten wel heel vroeg opstaan.'

'Natuurlijk, als je vogels wilt kijken moet je vroeg opstaan.' Hij voegde eraan toe: 'Hoe laat dan?'

'Voor zonsopgang.'

Hij begon te lachen. 'Nou ja, als het moet, dan moet het.'

'Dus het is echt afgesproken?' Ik kende mijn vader langer dan vandaag.

'Afgesproken.'

Hij dronk zijn koffie, ik mijn chocolademelk.

'Mijn vader nam me vroeger soms mee naar een thuis-wedstrijd van NAC.' Hij zette zijn kopje neer. 'Dan liepen we samen naar de Beatrixstraat,' zei hij dromerig. 'Piekfijn zag hij eruit. Hoed op, sigaar in de mond.' Hij beeldde het met zijn handen vaag uit. 'Hij was een echte heer, hoor, jouw opa… nou! We hadden altijd prima plaatsen, die kaartjes had hij dan van zakenrelaties gekregen. Allemaal wilden ze hem te vriend houden, want zoals die man de aandelenhandel kende…'

Terwijl mijn vader sprak, begon ik weer te tekenen. Het ging tenslotte over iemand die ik nooit gekend had.

Na een tijdje zweeg mijn vader.

'Je mag wel zien wat ik aan het tekenen ben,' zei ik.

'Hè?' zei hij verstrooid. 'O!'

Ik draaide mijn schetsboek naar hem toe. Mijn tekening was bijna af.

'Een vogel.'

'Een havik,' verduidelijkte ik. 'Deze tekening komt in het boek dat ik ga schrijven.'

'Zo? Ga je een boek over vogels schrijven?' Hij stond op.

'Alleen maar over de havik.'

'Mooi,' zei hij, 'mooi.' Hij pakte het dienblad en vertrok.

Het weekend daarop regende het. 'We stellen het een weekje uit,' zei mijn vader. 'We willen toch geen vogels kijken in de regen!'

Een maand later waren we nog altijd niet weggeweest, steeds was er iets tussengekomen. Ik had mijn vader al een paar keer aan zijn belofte herinnerd, toen hij opgewekt van zijn werk kwam en vertelde dat een collega van hem amateurbioloog was; die wilde mij komende zondag wel onder zijn hoede nemen. 'Dat is voor jou veel leerzamer, want ik kan nog geen mus van een meeuw onderscheiden,' zei hij tevreden.

De naderende excursie met de collega van mijn vader vervulde me met gemengde gevoelens. Ik verheugde me erop eindelijk in de vrije natuur rond te lopen (want nu mijn vader de zaak uit handen had gegeven, twijfelde ik er niet meer aan dat het uitstapje zou doorgaan), maar het vooruitzicht een hele dag op te trekken met een man die ik niet kende joeg me angst aan. Die man was een collega – dus een ondergeschikte – van mijn vader, en zag het als een verplichting mij op sleeptouw te nemen, dat begreep ik heus wel. Ik zou zijn tegenzin moeten wegnemen door hem te verbluffen met mijn ornithologische kennis, die helaas grotendeels theoretisch was. Ja, ik was in staat iedere vogel die in Nederland voorkwam te herkennen, maar alleen wanneer hij even roerloos bleef zitten als op de illustraties in mijn vogelboek. Misschien zou ik in mijn zenuwen geen enkele vogel kunnen thuisbrengen, waardoor mijn mentor zich zou beklagen dat hij zijn kostbare vrije tijd met zo'n sufferd moest doorbrengen. Het zoontje van de directeur... Ik hoorde hem op kantoor al kwaadspreken, ik had nu al een hekel aan die man.

Er was afgesproken dat de collega op de zeer vroege zondagochtend niet bij de voordeur zou aanbellen, maar vanaf de oprit met de koplampen van zijn auto knipperen, zodat de nachtrust in huis bewaard bleef. Om kwart voor zes liep in mijn kamer de wekker af. Stilletjes ging ik naar de keuken, waar ik brood smeerde. Het huis was donker en koud. Ik had het gevoel op wereldreis te gaan. Behalve Orlov zou niemand getuige zijn van mijn vertrek. Om kwart over zes stond ik voor het huiskamerraam het donker in te turen, elk moment kon het lichtsein vanaf de oprit te zien zijn.

Eerst verscheen er een grauwe streep aan de hemel, toen begon een merel te zingen, daarna werden de omtrekken van de bomen in de voortuin zichtbaar. Om zeven uur verliet ik verstijfd mijn observatiepost, trok mijn rubberlaarzen uit en sloop op mijn sokken naar boven, waar ik weer in bed kroop. Aan weerszijden van het gordijn drong vaal licht naar binnen. Mijn tenen waren ijskoud geworden in de laarzen. Buiten zongen de vogels inmiddels op volle sterkte.

Later die dag belde de collega van mijn vader en verontschuldigde zich omdat hij door de wekker heen was geslapen. Volgende zondag wilde hij me alsnog onder zijn hoede nemen, zei hij, maar ik waagde het voor de eer te bedanken. Deze excursie had me al voldoende uitgeput.

# 15

Terwijl ik ieder jaar al op 6 december van Kerstmis begon te dromen, verheugde ik me veel minder op Pasen, waarvan de vrolijkheid te kort op de rouw van Goede Vrijdag volgde. Het besef dat Jezus zich had laten kruisigen om voor mijn ziel de weg naar de hemel te openen, drukte zwaar op me.

Op Goede Vrijdag liepen alle leerlingen van onze school in een lange, fluisterende stoet naar de kerk, waar de hele lijdensgeschiedenis nog eens voor ons werd samengevat. Esther zat schuin vóór mij. Met ingehouden adem keek ik naar haar ernstige profiel, dat zich aftekende tegen het donkere gordijn van de biechtstoel. Haar lange, losse haar viel over de kraag van haar blauwe jas. Meneer Van Stipriaan, opmerkzaam gemaakt door de misprijzende blik van de pastoor, schoot op Richard Haring in de bank achter mij toe en siste dat hij nu eindelijk eens zijn mond moest houden.

Na de dienst mochten we naar huis. De kerkklokken zwegen.

Tijdens de warme maaltijd kregen we vis, zoals iedere vrijdag, maar we waren vandaag wel op half rantsoen gesteld.

De volgende dag haalden mijn vader en ik oma van het station af. 'Pas op,' zei mijn vader kortaf toen de trein uit Breda nog slechts een stipje boven het snijpunt van de rails was. Ik deed onmiddellijk twee stappen van de rand van het perron vandaan, en was blij dat hij niet zoals vroeger bij het naderen van de trein mijn hand pakte. Toen de locomotief het station binnenrolde, voelde ik het perron onder mijn voeten schudden. 'Daar is ze!' riep ik, want achter een van de raampjes kwam het sombere, starende gezicht van oma voorbij. We liepen het eersteklas rijtuig achterna, dat een eindje verderop tot stilstand kwam. Nadat mijn vader haar had helpen uitstappen, bood oma me haar wang. 'Dag ventje.' Ik zorgde ervoor mijn mond pas af te vegen toen ze me de rug had toegekeerd.

Thuis hadden mijn moeder en mijn zussen zich in de hal opgesteld, als leden van de hofhouding die de teruggekeerde koningin welkom heten. Mijn moeder hielp oma uit haar mantel en bewonderde de vrijgekomen jurk: 'Tjonge, dat is een japon die u echt goed staat.'

'O ja, kind, vind je?' Oma draaide langzaam om haar as en klemde haar lippen op elkaar om niet al te opzichtig te stralen onder het compliment.

Ik sjouwde haar koffer de trap op. 'Pas op, ventje!' riep ze me na. Het raam in mijn kamer stond open om te luchten. Ik zette de koffer aan het voeteneind van het bed en keek het levenloze vertrek rond. Het bed was kreukloos opgemaakt, de wastafel blonk, op het bureau lag het stapeltje schone handdoeken met bovenop het verpakte zeepje. Ik sloot de deur. De komende twee nachten zou ik weer in de woonkamer bivakkeren.

Inmiddels zat oma op de bank in de huiskamer. Charlotte kwam haar vragen wanneer ze wegging.

'Overmorgen, liefje.'

Charlotte knikte.

'De rapporten,' zei mijn vader.

Ik knipte met mijn vingers. Charlotte vloog naar boven om onze paasrapporten te halen. Oma zocht alvast in haar handtas naar haar leesbril en portemonnee.

De volgende ochtend, toen we het paasontbijt van het service met de gouden rand gebruikten, vroeg mijn vader: 'Hoe vindt oma het brood?'

'Is het van een andere bakker?' vroeg ze.

We gingen naar de kerk, waar ik vergeefs naar Esther rond-keek. Wie ik wel zag, teruglopend door het gangpad na de communie, brutaal kauwend op zijn hostie, was Richard Haring.

In de auto op weg naar huis vroeg mijn vader: 'Hoe vond oma de mis?'

Oma was zuinig in haar oordeel, en meende dat er een ander koor dan vorig jaar had gezongen.

We waren op tijd thuis om de pauselijke zegen vanuit Rome te ontvangen. Met Kerstmis, herinnerde ik me, had ik tegen oma gezegd dat ik dienst wilde nemen bij de Zwitserse Garde. Dat was slechts drie maanden geleden, maar die beschamend domme opmerking leek me nu iets uit een vorig leven.

Na de zegen gingen we de paaseieren zoeken die mijn vader in de voortuin verstopt had. Anna wilde eerst niet meedoen, ze vond het kinderachtig, maar ze was uiteindelijk wel de eerste die een ei vond. Charlotte was zoals altijd de laatste. Allemaal zagen we het gekleurde zilverpapier van het grote chocolade-ei tussen de narcissen glinsteren, maar zij liep er telkens langs. We begonnen haar aanwijzingen te geven: 'Nu ben je koud… ijskoud. Warm… warmer!'

Eindelijk brak op Charlottes beteuterd gezicht een glimlach door. 'Ach,' zei ze, het ei oprapend, 'daar lag je!'

De rest van de dag vocht ik dapper tegen het verlangen mijn ei aan te breken. Om de kwelling groter te maken bracht ik mijn neus dicht bij het zilverpapier en snoof de chocoladegeur die erdoorheen kwam verlekkerd op. Uit mijn vastentrommeltje nam ik niets, zelfs geen van de aaneengekleefde dropjes. Dit alles om mijn wilskracht te oefenen. Oscar, mijn buurjongen, liet al een jaar lang een chocolade paashaasje onaangeroerd op zijn nachtkastje staan – een blijk van bovenmenselijke zelfbeheersing.

Die avond, toen de mondhoeken van mijn zussen niets te raden overlieten, toonde ik trots als een pauw mijn onge-

schonden ei. Ik had de indruk dat vooral oma mijn zelfdisci-
pline kon waarderen.

Vlak voor bedtijd bleken we ons samen in de badkamer te
bevinden, mijn ei en ik. In plaats van mijn tanden te poetsen,
peuterde ik voorzichtig het zilverpapier los. Het leek me dat
het geen kwaad kon een héél klein stukje af te breken, maar
waar te beginnen bij een ei? Een haasje kon je een oor afbijten.
Ik zette mijn duim tegen de chocolade en drukte licht, waarna
er een veel groter stuk dan ik gewild had losbrak en in het ei
viel. En uiteindelijk was het niet de aanblik van de donkere
chocolade, niet de geur ervan, maar het geluid van het breken,
weergalmend in de klankkast van het holle ei, dat me precies
vertelde hoe dik en puur en verrukkelijk die chocolade was.

Een minuut later resteerde er van mijn ei slechts het zilverpapier, dat ik tot een kleine, harde prop samenperste en tegen
de spiegel smeet, met tranen in mijn ogen.

# 16

Op tweede paasdag gingen mijn ouders naar de meubelboulevard om een buffetkast te kopen. Ze waren amper vertrokken toen oma in de huiskamer opdook met een boek waar in grote letters SCHUBERT op stond. We hadden sinds kort een piano, een zwarte Schimmel. Anna kreeg les op de muziekschool; ik zou tot volgend jaar geduld moeten oefenen, want mijn vader vond muziekles geldverspilling zolang kinderen niet de leeftijd voor een serieuze instelling hadden bereikt. Dat ik nog geen les had, weerhield me er echter niet van piano te spelen. Het was gemakkelijk uit te vinden welke toetsen mooi bij elkaar klonken, en dankzij een overvloedig gebruik van het rechter pedaal galmden mijn improvisaties door het hele huis, tot ergernis van Anna, die vond dat haar nauwgezet ingestudeerde etudes kaal afstaken bij mijn effectbejag. Oma opende de pianoklep, zette de partiturenbundel op de standaard en nam, met beide handen over de onderzijde van haar dijen strijkend om kreukels in haar jurk te voorkomen, op de draaikruk plaats. Mijn zussen en ik, die zaten te lezen, waren verbaasd; we wisten helemaal niet dat oma piano kon spelen. In het begin klonk haar spel aarzelend, maar ze kwam al snel op dreef. Ik verdiepte me weer in mijn boek.

Plotseling stak er een onheilspellend geluid op, dat we eerst niet thuis konden brengen, en dat Orlov grommend deed opspringen, bereid om huis en haard tot zijn laatste snik te verdedigen.

Oma had een lied aangeheven.

We keken elkaar aan, we geloofden onze oren niet. Dat iemand zó vals kon zingen… Eerst probeerden we onze vrolijkheid nog te onderdrukken, maar het respect dat we voor oma voelden was niet langer dan een paar maten bestand tegen haar ijselijk gezang. Achter haar rug begonnen we gezichten te trekken en onze oren te bedekken. Het werd steeds moeilijker om niet hardop te lachen. Rood aangelopen en naar adem happend wees Anna op zichzelf, waarmee ze wilde zeggen: 'Nu weet ik van wie ik het heb!'

Oma, die in de kerk nooit meezong, wierp nu alle aarzeling van zich af. Misschien hoorde ze, net als de dove Beethoven, de tonen glaszuiver opklinken in haar hoofd. Toen ze na het slotakkoord een onverwacht snelle draai met de pianokruk maakte en vroeg: 'En, hoe vonden jullie het?' vluchtte ik achter mijn hand proestend de kamer uit, mijn zussen in de steek latend.

Later op de middag maakte ik uit schuldgevoel een tekening voor oma. Dat wil zeggen, ik besloot dat de pentekening van een koolmees waar ik gisteren mee begonnen was, voor oma bestemd was. Tegen Anna, die me kwam roepen voor de thee, zei ik: 'Ik maak een tekening voor oma.'

Mijn zus streek als Wickie de Viking met een wijsvinger langs haar neus en zei toen: 'Dan weet ik wat voor vogel je tekent.'

'Wat dan?'

'Een nachtegaal!'

Toen we uitgehinnikt waren, zeiden we tegen elkaar: 'Nee, dat is niet leuk.' Met tranen in onze ogen gingen we de trap af. Tijdens de thee vermeden we elkaar aan te kijken, en toen onze blikken elkaar toch kruisten, lagen we meteen weer dubbel.

'Wat zijn die kinderen toch vervelend,' zei mijn vader.

'Ze hebben een binnenpretje,' zei mijn moeder vergoelijkend.

Na het eten brachten mijn vader en ik oma naar het station. We waren vroeg op het perron en stonden zwijgend te wachten; mijn vader tuurde naar de bocht van de spoorlijn waar de trein moest verschijnen. Ik haalde mijn tekening voor de dag en overhandigde die plechtig aan oma, die haar gehandschoend ontrolde en er een verontruste blik op wierp.

'Het is een koolmees,' zei ik behulpzaam.

'Is die voor mij?'

Het klonk alsof ik haar een dood vogeltje in handen had gedrukt. Ik knikte. Nadat ze de tekening weer had opgerold, er het elastiekje omheen had gedaan en haar in haar loden mantel had gestopt, zei ze: 'Alleraardigst', en richtte haar blik net als mijn vader in de verte.

De trein kwam. Onverschrokken kuste ik de wang die me werd voorgehouden. Mijn vader ging met oma de eersteklascoupé in om haar koffer in het bagagenet te tillen. Toen ik opzij keek en de conducteur zijn fluitje naar zijn mond zag brengen, begon mijn hart te bonzen. Op het moment dat het vertreksein klonk, sprong mijn vader van de treeplank op het perron. Oma draaide het raampje naar beneden en zei: 'Ik hang hem op.'

De trein kwam in beweging. Ik deed een grote stap naar achteren, en liep langzaam mee.

'Je tekening. Ik hang hem op!'

'O!'

Om de trein bij te houden ging ik steeds sneller lopen. Dat ontlokte oma een glimlach. Ze leek verbaasd dat ik nog niet van haar wilde scheiden. Misschien vond ze dat ze de moeite die ik deed – ik liep nu op een drafje – niet verdiende. Dat was voor mij des te meer reden om me uit te sloven. Uitbundig galoppeerde ik met de trein mee, de mensen op het perron en hun koffers ontwijkend.

'Dag ventje!' riep oma voor de laatste keer.

'Dag oma!' riep ik.

Ik hield halt. Meteen was oma uit het zicht verdwenen. Toch bleef ik met beide armen zwaaien, terwijl de trein langs me heen denderde.

'En wat als je was gestruikeld?' vroeg mijn vader even later. Hij gaf zelf het antwoord: 'Dan was je onder de wielen terechtgekomen.'

Thuis kon ik weer mijn eigen kamer in. Er hing een benauwde lucht; mijn moeder had het bed opgemaakt, maar was vergeten het raam open te zetten. Toen ik ging slapen dacht ik eraan dat oma's hoofd zonder pruik op mijn kussen had gelegen. Ik rilde van afgrijzen. Niet aan denken! Die schedel, was die volledig kaal, of groeiden er nog lange slierten haar op? Plotseling, zonder dat ik het helpen kon, zag ik een doodshoofd voor me… Maar dat sloeg toch nergens op! Mijn oma had hier gelegen, niet een of ander geraamte.

Ik draaide het kussen om. Toch lag ik nog lang wakker. Ik wist zeker dat ik van dat doodshoofd zou gaan dromen.

# 17

Ik was zenuwachtig: ik had mijn eerste judotoernooi.

Sinds twee jaar had ik les, op zaterdagochtend. Toen mijn moeder me aanmeldde, had ik nooit enig blijk van interesse voor vechtsport gegeven, maar in de familie was een wit pak beschikbaar. Een oudere neef was eruit gegroeid, en het moest door mij worden opgevuld. Judo had me algauw in zijn greep. Ik hield van de discipline, het plechtige groeten, maar ook van de slimme technieken waarmee je een tegenstander kon vloeren, zelfs als hij iets sterker en zwaarder was dan jij.

Onze judoleraar was meneer Falkland, een jonge blonde reus. Wanneer hij ons een nieuwe worp voordeed, diende ik altijd als proefkonijn. Nadat hij me naar voren had geroepen, maakte ik me los uit de rij van op de mat gezeten judoka's en ging tegenover hem staan. Ik greep hem bij de revers; omdat hij huizenhoog boven me oprees, moest hij eerst diep door de knieën. Zijn jas was gemaakt van een veel dikkere stof dan mijn goedkope pak, en lastiger vast te pakken. In slow motion bracht hij een elleboog onder mijn oksel, draaide zijn heup voor mijn lichaam, begon zijn benen te strekken, en daar kwam ik los van de mat, willoos als een meubelstuk dat tegen een gevel wordt opgetakeld. Op het hoogste punt kwam ik met bungelende benen tot stilstand. De film werd teruggedraaid: ik daalde, landde weer op mijn voeten, en meneer Falkland maakte zijn lichaam los van het mijne. Daarna stapte hij opnieuw in, en ik begon weer te zweven. Angst had ik niet. Ik voelde zijn stevige lichaam tegen mijn ribben drukken, en hoorde ondertussen het ritselen van zijn onberispelijke pak en zijn lichte hijgen. Nadat ik een paar keer in slow motion opgetild en weer neergezet was, speelde meneer Falkland de film van zijn schouderworp op ware snelheid af: ik buitelde door de lucht en belandde pijnloos op de mat, waar ik volgens de regelen der kunst met gestrekte arm op afsloeg.

In de opening van meneer Falklands kimono was zijn brede, onbehaarde borst zichtbaar geworden. Hij trok de jas strak onder zijn zwarte band en dankte me met een korte buiging, die ik beantwoordde. Ik beschouwde het als een groot voorrecht door meneer Falkland tegen de mat gewerkt te worden.

Tijdens judo kneep ik met mijn ogen om beter te zien, want een bril dragen was uitgesloten. Zelfs een sportbril zou niet bestand zijn tegen het grondgevecht, waarbij twee judoka's tot een spartelende octopus samensmolten. In de kleine oefenruimte was mijn bijziendheid geen al te groot probleem.

Maar nu ik voor het toernooi aantrad, was dat heel anders. Vanuit de kleedkamer, waar ik mijn bril had achtergelaten, kwam ik in een enorme sporthal die in mist gehuld bleek. Alleen de dichtstbijzijnde mat kon ik duidelijk onderscheiden. Waar moest ik zijn voor mijn eerste partij? Besluiteloos liep ik rond. De vloer was koud aan mijn voeten. Ik overwon mijn verlegenheid en klampte een langskomende judoka aan.

'Dan moet je op de bordjes kijken,' antwoordde de jongen en liep door.

Welke bordjes?

Ik wist dat mijn ouders en zussen op de tribune zaten, maar het enige wat ik van de tribune kon zien, was dat die zich rechts van mij verhief. Best mogelijk dat ze nu naar me zwaaiden.

Ik hield opnieuw een jongen aan.

'Sorry, maar ik heb m'n bril niet op,' begon ik.

'Ik ook niet,' zei ze. Het bleek een meisje, dat een wit T-shirt onder haar kimono droeg. Weg was ze.

Inmiddels waren de wedstrijden om me heen al in volle gang, zoals ik aan de aanmoedigingen kon horen. Ik raakte in paniek. Terug naar de kleedkamer! Waar was de kleedkamer?

Toen doemde de kolossale gedaante van meneer Falkland op. 'Kom maar, ze wachten op je,' zei hij rustig. Hij legde zijn hand op mijn schouder en voerde me door de hal naar een verre mat, aan de rand waarvan een rijtje schimmen op een bankje zat. Een ervan stond op, kwam naar voren, en nam vaste vorm aan als mijn tegenstander in de eerste ronde. We groetten. De scheidsrechter, die me iets had toegebromd, maakte met zijn hand een hakkende beweging, ten teken dat we moesten beginnen. Gelijktijdig strekten we onze armen. Ik was nog bezig greep te krijgen op de kimono van mijn tegenstander, toen de mat al op me af vloog. Een heupworp had me gevloerd, het gevecht was afgelopen.

Gelukkig verliepen de volgende rondes beter voor mij. Ik zag kans mijn geliefde beenveeg in de strijd te gooien, en kreeg aan het eind van de dag een bronzen medaille in mijn leeftijds- en gewichtscategorie uitgereikt. Mijn moeder gaf me een met fluweel bekleed juwelendoosje om de medaille in te bewaren.

Die avond in bed bedacht ik dat er dus ook meisjes aan judo deden. Op onze club waren alleen jongens. Toen ik me voorstelde hoe het zou zijn om een meisje in de houdgreep te nemen, begon mijn hart te bonzen. Na de worsteling zou hun kimono loshangen, net als bij ons. Daarom hadden ze een T-shirt aan.

# 18

Charlotte stond aan het voeteneind van mijn bed en keek me met grote ogen aan.

'Hij ligt nog in bed!' riep ze.

Mijn vader kwam naar boven en vroeg nors of ik ziek was. Ik was al bezig me razendsnel aan te kleden, want ik was niet ziek. Een halfuur eerder had mijn moeder me gewekt, zoals iedere schooldag, waarna ik mijn bril had opgezet, om in het kussen terug te zakken met als laatste heldere gedachte: ik val niet in slaap, ik heb mijn bril immers op.

Mijn moeder was al naar Ravenstein. Ik moest mijn ontbijt overslaan. Charlotte en ik sprongen in de auto van mijn vader, die ons bij school afzette. We kwamen net op tijd om aan te sluiten in de rij.

Die avond vroeg mijn moeder, terwijl we samen de afwas deden, hoe ik me had kunnen verslapen.

'Weet ik niet,' geeuwde ik.

'Slaap je wel goed?'

Mijn moeder had dikwijls ouderavond of een vergadering met het schoolbestuur. Ze kwam dan pas tegen middernacht thuis, en tot die tijd deed ik geen oog dicht. Meestal was het al na elven wanneer ik beneden de telefoon hoorde rinkelen. Het toestel stond op de schrijfklep van een antieke secretaire in een hoek van de woonkamer – ik lag daar pal boven. Mijn vader nam met een andere stem dan gewoonlijk op. In plaats van zijn achternaam, afgemeten en hooghartig uitgesproken, klonk er een gespannen: 'Ja?' Mijn moeder liet dan weten dat ze van school vertrok. 'Pas je op,' hoorde ik mijn vader duidelijk zeggen, 'het is mistig.' Of: 'Pas je op, het is glad.'

Ik had me inmiddels zo vaak van de ene zij op de andere gedraaid dat ik klaarwakker was. Ik bracht mijn ogen dicht bij de oplichtende wijzers van de wekker op het nachtkastje. Als mijn moeder over een halfuur niet thuis was, zou ik me zorgen gaan maken. Ze had overigens gezegd dat ik ab-so-luut niet wakker mocht liggen, dat er geen enkele reden was om ongerust te zijn, maar ik was niet vergeten dat ze vroeger, toen ik nog zeurde dat ik met vriendjes op straat wilde spelen, steeds had beweerd dat een ongeluk in een klein hoekje zat. En gelijk had ze, want vorig jaar was ze, terugkomend van een vergadering, met haar auto van de beijzelde weg gegleden en half in een sloot beland.

In de nachtelijke stilte hoorde ik een koe loeien, of was het een roerdomp, verscholen in de rietkragen rondom de plas buiten het dorp, waar we 's winters konden schaatsen? Er naderde een auto – die ging ons huis voorbij. Toen ik weer op de wekker keek, zag ik dat het halfuur verstreken was. Mijn moeder had al thuis moeten zijn!

Kalm blijven. Het was te vroeg om me druk te maken. Het was helemaal niet zeker dat haar auto in een slip was geraakt en over de kop geslagen of tegen een boom gevlogen. Waarom dacht ik nu uitgerekend aan een autowrak tegen een boom? Als er een ongeluk gebeurde, was het mijn schuld. Ik moest me de auto onbeschadigd voorstellen. Ik moest de auto op de weg houden.

Vergiste ik me? Ik kwam half overeind om beter te kunnen luisteren. In de verte hoorde ik iets wat op de motor van een DAF leek. Beneden verschoof een stoel over de parketvloer: mijn vader had het geluid ook gehoord en liep naar het raam.

Even later klonken mijn moeders voetstappen op de trap. Ze gunde zich niet de tijd haar jas uit te trekken, want ze wist heel goed dat ik wakker was. Tegelijk met haar gestalte kwam het schijnsel van de ganglamp mijn kamer binnen, haar jaspanden ruisten als vleugels, ze boog zich over me heen en fluisterde: 'Ik ben er.'

Zodra haar kus op mijn voorhoofd was beland, viel ik in slaap.

Op avonden dat mijn moeder weg was had ik dus altijd al wakker gelegen. Maar de laatste tijd lag ik veel vaker wakker – ook wanneer ik wist dat mijn moeder veilig beneden op de bank zat. Vroeger, toen ik klein was, bestond er een simpel recept tegen slapeloosheid. Ik ging naar beneden en klaagde tegen mijn moeder: 'Ik kan niet slapen.' Ze nam me dan op schoot en vroeg wat er aan scheelde. Ik vertelde het haar, of haalde mismoedig mijn schouders op. Met mijn hoofd tegen haar borst geleund keek ik de huiskamer rond, die me, ook al gebeurde er volstrekt niets bijzonders – mijn vader sloeg een krantenpagina om –, toch bijzonder voorkwam. Ik wierp een blik op Orlov, die onder de salontafel lag, en dacht: dus zo lig jij te slapen, Orlov, om negen uur. Onze hond lag er net zo bij als om halfacht, maar toch vond ik hem iets aparts hebben. Nadat ik zo een poosje had rondgekeken – waarbij ik er wel voor zorgde mijn trieste gezicht, wegens het mij aangedane onrecht van de slapeloosheid, in de plooi te houden – was ik zo slaperig dat ik nauwelijks nog in mijn bed wist te komen, nadat mijn moeder had gezegd: 'Opstaan, engeltje, tijd om naar bed te gaan.'

Maar dat was vroeger. Nu was ik te oud om uit bed te komen en bij mijn moeder te klagen. Dus zocht ik zuchtend naar de geschikte lichaamshouding die de slaap zou lokken, zoals een buiten het dekbed uitgestoken arm muggen aantrekt. Ondertussen vreesde ik het moment waarop mijn ouders naar boven zouden komen: gedempte stappen op de trap, een gefluisterd woord, het abrupte verdwijnen van de streep licht onder mijn deur, en ten slotte de klik van hun slaapkamerdeur. Bij de gedachte dat spoedig iedereen in huis zou slapen behalve ik, voelde ik me alsof ik aan de andere kant van de wereldbol leefde, gescheiden van mijn familie. Die eenzaamheid was het ergste van het wakker liggen.

'Nee,' antwoordde ik op de vraag van mijn moeder, 'ik slaap niet goed.'

'Hoe komt dat?'

Zwijgend hing ik de natte vaatdoek over de rugleuning van een keukenstoel te drogen.

'Hoe komt dat?' herhaalde mijn moeder.

Ik antwoordde niet.

'Luister, ik moet zo meteen de was nog ophangen.' Mijn moeder trok haar schort los. Ze had het altijd druk, omdat ze naast haar baan de zorg voor het huishouden had. Mijn vader stak in huis geen vinger uit. Het was mijn moeders eigen keuze om te werken, zei hij. Voor hem hoefde het niet, hij verdiende genoeg.

'Jij gaat nu naar je kamer en denkt over mijn vraag na. Als ik de was heb opgehangen' – ze keek op de keukenklok – 'kom ik naar boven en dan vertel je me wat er aan de hand is, afgesproken?'

Ik ging naar mijn kamer. Zittend op bed luisterde ik naar de geluiden in huis. Ik keek naar mijn vissen. Na een tijdje werd er op mijn deur geklopt.

'Binnen.'

Met een diepe zucht ging mijn moeder naast me zitten. Het was een zucht van vermoeidheid, niet van ergernis. (Hoe hoorde ik het verschil?) Nadat we even hadden gezwegen, keek ze heimelijk op haar polshorloge en vroeg: 'Lig je te piekeren, als je niet kunt slapen?'

Ik knikte, blij dat ze het zo snel geraden had.

'En waarover pieker je dan?'

Ik piekerde over zoveel dingen. Ik voelde me alsof ik aan de rand van een afgrond stond, vooroverhellend, zwaaiend met mijn armen om mijn evenwicht te bewaren, maar ik wist niet hoe ik dat moest zeggen. Om te voorkomen dat mijn moeder weer op haar horloge zou kijken, zei ik snel: 'Nou, dat jullie gaan scheiden.' Amper had ik het gezegd, of ik had het gevoel dat mijn keel werd dichtgeknepen, en er kwamen krampachtige geluiden uit.

'Och, jongen toch.' Ze legde haar hand in mijn nek.

Plotseling sloeg ik mijn armen om haar heen – het kon me niet schelen dat ik al twaalf was – en begon onbedwingbaar te huilen. Mijn moeder pakte me stevig vast en bleef met deinend bovenlichaam herhalen: 'Och, jongen toch… Hè, jongen toch…' Toen ze mijn hoofd tussen haar handen nam en het voorzichtig optilde, zag ik op haar mooie gezicht een droevige glimlach, die mijn verdriet weerspiegelde.

'Jij bent net als ik vroeger… altijd maar piekeren.' Ze vervolgde resoluut: 'Maar nu pieker ik niet meer.'

'Nee?'

'Bid je weleens?'

Die vraag verraste me. We gingen iedere week naar de kerk, zeiden een gebed voor de avondmaaltijd, en schooldagen begonnen voor mij met het Onzevader, dat door de hele klas werd opgedreund.

'Als je in bed ligt te piekeren, kun je altijd met God praten,' zei mijn moeder. 'Gewoon in je eigen woorden. Bidden is eigenlijk niets anders dan dat.'

Dat wist ik natuurlijk wel, maar thuis deed ik dat nooit. Met God praten in mijn eigen woorden deed ik alleen in de kerk, nadat ik te communie was geweest.

'Ik doe dat ook, als ik me zorgen maak. Nou ja, eigenlijk bid ik tot Maria.' Mijn moeder zei het met bedekte trots. 'Met haar voorspraak…' Ze keek me veelbetekenend aan.

Ze pakte mijn handen, drukte ze samen en vouwde er haar eigen handen – zacht, koel – overheen. 'Wees gegroet Maria, vol van genade, de Heer is met u...' begon ze met gesloten ogen.

'Gij zijt de gezegende onder de vrouwen,' viel ik in, 'en gezegend is Jezus, de vrucht van uw schoot. Heilige Maria, moeder van God, bid voor ons zondaars, nu en in het uur van onze dood. Amen.'

Mijn moeder opende haar ogen, maar liet mijn handen niet los. Ze gaf een knikje, en op exact hetzelfde moment zeiden we: 'Onze Vader die in de hemel zijt...' en we eindigden ook in koor.

Toen mijn moeder de kamer verliet, was ik volkomen kalm.

# 19

Eind juni gingen we met de hele zesde klas op kamp, als afsluiting van onze tijd op de basisschool. Na de vakantie zouden we uitzwermen over verschillende scholen in het dorp. Het vooruitzicht van twee dagen schoolkamp trok me niet bijzonder aan, het enthousiasme van mijn klasgenoten kwam me verdacht voor, maar aangezien het kampterrein midden in een natuurgebied met bossen en vennen lag, was er wel een kans dat ik vogels zou zien die ik in mijn gids nog niet had aangekruist. Onze koffers zouden door een busje naar het kamp vervoerd worden, en zelf zouden we op de fiets gaan, onder begeleiding van meneer Van Stipriaan, juffrouw Meulenbelt en enkele ouders.

Toen mijn moeder op de avond voor vertrek mijn groene koffer inpakte, stopte ze er tot mijn verbazing twee zakken Engelse drop in en zei: 'Deze is voor jou, en deze is om uit te delen.'

In tegenstelling tot wat ze dacht was ik daar absoluut niet blij mee. Ik wist hoe sterk gekant ze tegen snoepen was (tegelijk met het kindergebit bedierf het de moraal) en ik vond het pijnlijk dat ze haar principes opzij zette omdat ze blijkbaar dacht dat het zo hoorde – dat een kind op schoolkamp snoepgoed hoorde te hebben. En het kwetste me ook een beetje dat ze dacht dat ik het nodig had me met snoep populair te maken bij mijn klasgenoten.

Het was prachtig weer toen we in een lange stoet, rinkelend met onze bellen, van school vertrokken. Het grootste deel van de tocht fietste ik achter Esthers donkere paardenstaart, die werd samengebonden door een elastiek met twee glanzend-rode namaakkersen bovenop. Ze droeg een bloes met korte mouwen, haar armen waren al bruin. Naast haar wapperden de blonde haren van Cindy Vrolijk. Cindy droeg een blauw fluwelen halslint; ik zag het steeds wanneer ze zich omdraaide om me iets joligs toe te roepen. 'Cindy, vóór je kijken,' waarschuwde juffrouw Meulenbelt, die de karavaan sloot.

Eindelijk voelde ook ik de opwinding van een scholier die op kamp gaat, vooral wanneer het drukke, passerende auto-verkeer even stilviel en het ruisen van onze hard opgepompte fietsbanden op het wegdek hoorbaar werd.

Toen we bij Grave de Maas overstaken, had ik het idee ver van huis te zijn. We bogen van de grote weg af. Meneer Van Stipriaan snoof zijn longen vol. 'De vrije natuur!' riep hij verrukt. 'Koeienstront!' riep Richard Haring.

Het kampterrein was een door bos ingesloten grasveld dat hier en daar was uitgetrapt tot een zandvlakte. Tussen leger-tenten en barakken bevond zich het stenen hoofdgebouw, waar wij zouden verblijven. Onze koffers stonden al bij de ingang. Nadat we onze fietsen in een schuur hadden gestald, brachten de jongens hun bagage naar de slaapzaal; de meisjes hadden het voorrecht in moderne slaapkamers te overnachten, in een vleugel van het gebouw. In de zaal stonden stapelbed-den. Sommige jongens legden luidkeels beslag op het bed van hun keuze. Mij leek het ene bed niet beter dan het andere. Ik opende mijn koffer, pakte daaruit wat ik nodig had, en schoof hem onder mijn bed.

Ons programma begon met een excursie onder leiding van een boswachter. Ik baarde wel enig opzien toen ik met een verrekijker op mijn borst ten tonele verscheen. De spot van Richard Haring en Tom Nooijen nam ik graag voor lief, als ik tenminste een interessante vogel in het vizier zou krijgen.

We volgden een verhard pad totdat we bij een bordje NATUUR-RESERVAAT kwamen, aan het begin van een smal zandpad met overhangend geboomte. De boswachter, een jongeman met een ongeschoren kin, stelde zich voor het pad op en versperde de toegang door een gestrekte arm als een slagboom neer te laten. 'Wie hier wil binnengaan,' zei hij, 'moet eerst een vogel-soort noemen die in Nederland voorkomt.'

'Mus.'

'Uil.'

'Meeuw.'

Streng was de bewaker van het pad niet. Hoewel er strikt ge-nomen nog geen soortnaam genoemd was, ging de slagboom telkens omhoog om iemand binnen te laten. Sneller dan ik verwacht had stond ik vooraan. Ik wist niets te verzinnen. Ik had desnoods honderd vogelsoorten kunnen noemen, maar één, dat was te veel gevraagd. 'En?' zei de boswachter. Net als ik droeg hij een verrekijker om zijn nek, maar een die groter en zwaarder was dan de mijne, met een grotere lichtsterkte.

Ik schraapte mijn keel. 'Drieteenmeeuw.'

De blik van de boswachter verduisterde. 'Die komt in Ne-derland niet voor.'

'Wel als wintergast,' wierp ik tegen.

'Ja, hij hier weet alles van vogels,' zei meneer Van Stipriaan tegen de boswachter.

Met een minachtend gezicht bracht de man zijn arm om-hoog, maar slechts een klein stukje, zodat ik me diep moest bukken om het natuurreservaat te betreden.

Lang hoefde ik niet over het pad te lopen – waar afgebroken takjes in het struikgewas aan weerszijden erop wezen dat hier de ene schoolklas na de andere langstrok – om te weten dat ik vandaag geen zeldzame vogelsoorten te zien zou krijgen. De enkele vogel die dit pad niet uit gewoonte meed, hoorde onze groep al van verre aankomen, want ondanks het verzoek van de boswachter werd er hardop gepraat. Het enige vogelgeluid dat ik hoorde was het lome, langgerekte 'toerr-toerr' van een tortelduif, dat in het bos hing zonder dat ik kon opmaken uit welke richting het kwam. We hielden halt op een open plek in het bos, aan de voet van een heuveltje met sparren die hun takken lusteloos lieten afhangen. De boswachter raapte een afgekloven dennenappel op. 'Wie weet welk dier hier geweest is?'

Sneller dan ik zei Claudia van Schaijk: 'Een eekhoorn.' Ik dacht weer aan haar spreekbeurt. Eekhoorns kwamen vast ook op Vlieland voor.

'Juist, een eekhoorn.' De boswachter gaf de afgekloven dennenappel aan Alexander Blankwater. Alexander bekeek het object eerbiedig, alvorens het aan de volgende door te geven. 'Wie kent hem niet, de eekhoorn met zijn pluimstaart?' vervolgde de boswachter. 'Hij voedt zich vooral met noten en zaden, waarvan hij een voorraadje aanlegt voor de winter. De eekhoorn bouwt zijn nest hoog in de bomen, vlak bij de stam. En nu is mijn vraag… hoeveel eieren legt hij in dat nest? Jij bijvoorbeeld' – hij wees op Tom Nooijen, die een verbaasd gezicht opzette –, 'wat denk jij?'

Tom haalde zijn schouders op. 'Twee, drie? Vier dan?'

'Vier eieren dus?'

Tom knikte. Ik stond versteld.

'Een eekhoorn is een zoogdier!' zei de boswachter triomfantelijk.

De klas begon te lachen. Degene die het hardst lachte was Richard Haring, die zijn vriend op de schouders sloeg in een vals complimenterend gebaar, dat Tom boos afweerde.

'Goed, laten we maar verder gaan,' zei meneer Van Stipriaan hoofdschuddend.

Een uurtje later, toen we weer in het kamp waren aangekomen, stopte ik de verrekijker in mijn koffer zonder hem één keer aan mijn ogen te hebben gezet. We hadden vrij tot etenstijd; de leerlingen slenterden in groepjes over het terrein. Tegelijk met Johnnie van den Biggelaar, die een bal van huis had meegenomen, verliet ik de slaapzaal. Buiten gekomen liet Johnnie de bal vallen en schopte hem naar mij, al was het geen echte voetbal. Zonder te overleggen kuierden we, de bal met achteloze trapjes overspelend, in de richting van Esther en Cindy, die op een bankje vlak bij de bosrand zaten.

'Hoi,' zeiden de meisjes toen we in de buurt waren gekomen. Ze zaten op de rugleuning van de houten bank, met hun voeten op de zitting. Nu we publiek hadden, gingen Johnnie en ik een eindje uit elkaar, een meter of tien, om onze voetbalkunst te etaleren. Balvaardigheid bezaten we van nature, het Nederlands elftal won in Argentinië tenslotte al zijn wedstrijden. Ik zette me in postuur en gaf een gevoelvolle trap tegen de bal, die gelukkig niet ver van Johnnie vandaan belandde.

'Ik ben Johnny Rep!' riep Johnnie, om woest uit te halen en de bal volledig te missen. De meisjes schaterden het uit, maar hij redde zijn figuur door droogjes op te merken: 'Schijnbeweging'. Het was een goede grap, en ik benijdde hem om zijn tegenwoordigheid van geest, een tel nadat ik me heimelijk over zijn afgang had verheugd.

We werden gadegeslagen door enkele jongens verderop, die nog maar net op het terrein waren gearriveerd. Ze waren ouder dan wij. Op de een of andere manier kon ik aan hen zien dat ze niet op de havo of het vwo zaten. De jongen die het dichtst bij ons stond, starend met een intense blik, droeg een zwart T-shirt dat strak om zijn lichaam sloot.

'Misschien willen die jongens meedoen,' zei Cindy.

'Niet met míjn bal,' antwoordde Johnnie grimmig.

Toen de bel voor het eten werd geluid, liepen we met ons vieren naar het hoofdgebouw. Cindy en Johnnie gingen voorop. Mijn elleboog raakte die van Esther, niet helemaal per ongeluk, en we keken elkaar glimlachend aan. Ik vond haar verschrikkelijk knap, met haar donkere haar waarvan enkele lokken, die waren losgeraakt uit haar paardenstaart, langs haar gezicht vielen. Ik kon geen woord uitbrengen. Dat ik mijn elleboog een beetje had durven uitsteken, was al heel wat. Ik moest iets verzinnen. Zeg iets! Maar wat? Wat?

Tot mijn opluchting vroeg zij: 'Heb je nog vogels gezien met je verrekijker?'

'Nee,' zei ik, 'ik had hem beter niet mee kunnen nemen.'

Zo waar als het was, bleek dit antwoord volkomen ongeschikt om het gesprek voort te zetten. Zwijgend liepen we verder. Ik overwoog eraan toe te voegen: 'Hij is namelijk nogal zwaar,' maar zag uiteindelijk niet in hoe dat me verder zou helpen. Vóór ons kreeg Johnnie van Cindy een duw tegen zijn schouder. Ze lachten allebei. Cindy draaide zich om en riep: 'Esther, weet je wat -ie zegt?' Vreemd genoeg keek ze daarbij niet naar haar vriendin, maar in de verte achter ons.

'Nee,' zei Esther afwezig.

Cindy keek weer voor zich.

Ik krabde aan een muggenbult.

We waren bijna bij het kampgebouw gekomen toen ik een onvaste stem hoorde zeggen: 'Jij gaat ook naar het Heilig Hart, hè?'

Ik keek opzij en zag tot mijn verrassing een blos op haar gezicht. Ik voelde diep medelijden, want plotseling besefte ik dat zij net zo verlegen als ik was. Dat moest verschrikkelijk voor haar zijn!

'Ik hoop dat we daar weer in dezelfde klas zitten,' flapte ze eruit. Ze wierp me een angstige blik toe en maakte zich uit de voeten, de veilige schaduw van het gebouw in.

Het duurde even voordat de betekenis van haar woorden tot me doordrong, want ik kon gewoon niet geloven dat zij… Maar er was geen twijfel mogelijk. En bij nader inzien was het eigenlijk ook niet vreemd dat Esther verliefd op me was: ik stelde me voor hoe sierlijk mijn gestalte daarnet over het gras had gezweefd, hoe fijnzinnig ik de bal geraakt had. Wie zou daarvan niet onder de indruk raken? Zelf was ik bijna bevangen door verliefdheid toen ik Ruud Krol zijn passes langs de zijlijn in Argentinië zag verzenden, dus ja, ik begreep Esther heel goed. Ik paradeerde de eetzaal in.

Onze klas verdeelde zich over drie tafels. Na het bidden schreeuwde Tom Nooijen: 'Aanvallen!' Jelle de Jong, die zich altijd aan Toms drukdoenerij ergerde, vroeg zich hardop af of er ook eekhoorneieren op het menu stonden.

Doordat Esther aan een andere tafel zat, kon ik haar tijdens de maaltijd niet zien. Dat kwam goed uit. Zo kon ze me niet afleiden van het immense geluksgevoel dat ze me bezorgd had. De mogelijke gevolgen van haar liefdesverklaring schoten me door het hoofd. Morgenavond werd het schoolkamp afgesloten met een kampvuur, juffrouw Meulenbelt zou weer over haar gitaar hangen, en bij de gedachte dat Esther en ik misschien wel onopgemerkt, net buiten de lichtkring gezeten, elkaars hand zouden vasthouden, viel ik bijna flauw van geluk.

De eetzaal was een kale ruimte met een stenen vloer en een hoog plafond, waarin geroezemoes en het getik van bestek op borden weerkaatsten. Ik moest ingespannen luisteren om een verslag van Alexander Blankwater op te vangen. Er waren die middag jongens van de lts op het kampterrein gearriveerd en een van hen had ruzie gezocht met Richard Haring. Over en weer waren klappen uitgedeeld, en ten slotte was die andere jongen afgedropen, hoewel hij een kop groter dan Richard was en naar Alexanders inschatting al minstens in de tweede klas zat. Juist omdat Alexander dit vertelde, een serieuze jongen, keken we vol bewondering naar Richard Haring; die zat een eindje verderop aan tafel en had deze heldensage niet gehoord, of deed overtuigend alsof. Op andere dagen zou ik waarschijnlijk liever hebben gehoord dat Richard bij een confrontatie het leven had gelaten, maar nu was ik trots op hem omdat hij de eer van onze school verdedigd had; ik voelde me milder jegens hem gestemd dan gewoonlijk – dat was de toegeeflijkheid van stoere binken onder elkaar.

De knutselavond was aan mij niet besteed. Ondanks juffrouw Meulenbelts vermaningen deed ik niet meer dan een halfslachtige poging een raffia mandje te vlechten. Ondertussen zat ik te kletsen met Tom Nooijen, die aardiger was dan ik altijd gedacht had. Ik voelde een onstuitbare behoefte iets over Esther te zeggen, het maakte niet uit wat, als ik haar naam maar kon noemen. Omdat algemeen bekend was dat Tom later gevechtspiloot wilde worden, meende ik risicoloos te kunnen zeggen: 'Esthers vader is officier bij de luchtmacht, wist je dat?'

'Natuurlijk, die is bij ons op school geweest. Hoezo?' Tom keek me argwanend aan, en ik begreep dat ik op het punt stond me bloot te geven.

'Gewoon… Ik zou het ook wel willen, piloot worden,' loog ik, 'maar ik denk dat het niet lukt vanwege mijn bril.'

'Geen schijn van kans,' zei Tom.

Het werd bedtijd. De meisjes verdwenen naar de aangebouwde vleugel met slaapkamers, de jongens gingen naar de slaapzaal. In een naar chloor ruikende badruimte poetsten we onze tanden boven een lange, cementen wasbak, waar we allemaal tegelijk aan stonden, als koeien aan een trog. 'Dit is leuk,' zei Sonny Pattinama, die naast me stond te poetsen.

'Leuker dan een gijzeling!' riep Richard Haring.

Sonny zei niets terug.

Jelle de Jong wenste me welterusten en klom via mijn bed naar boven. Ik stopte mijn bril in mijn koffer. Ik vroeg me af of ik, als ik vannacht wakker zou worden, wel zou weten waar ik was, en of ik dan zou beseffen dat ik mijn hand in de koffer onder mijn bed moest steken.

'Help, ik lig onder Alexander Bedpisser,' zei Tom. Er werd gelachen.

'Tom Nooijen heeft vlooien,' zei Alexander Blankwater. Maar toen lachte niemand.

Meneer Van Stipriaan kwam ons welterusten wensen en deed het licht uit. Het eerste moment vond ik het akelig donker, maar toen doemde een bleke vlek op waar het raam moest zijn, en even later onderscheidde ik de vage omtrekken van de stapelbedden. Ik had verwacht dat er gefluister en onderdrukt gelach te horen zou zijn, dat sommige jongens zouden gaan donderjagen en dat meneer Van Stipriaan wel drie keer terug zou moeten komen om ons tot de orde te roepen, maar kennelijk was iedereen moe, al snel was het stil, dat viel me eigenlijk een beetje tegen.

Ook ik was moe, ik wilde me op mijn zij draaien en me overgeven aan de slaap, maar eerst moest ik bidden. Sinds het gesprek met mijn moeder, enkele weken geleden, richtte ik me iedere avond in mijn eigen woorden tot God. Elk van mijn gebeden vuurde ik met kracht op de hemel af, om te voorkomen dat ze halverwege vaart verloren en terug naar de aarde zouden vallen. Het probleem was dat ik soms te moe was om de daarvoor vereiste concentratie op te brengen. Dan bleef ik het gebed uitstellen tot ik er helder genoeg voor was. Terwijl ik eigenlijk wilde slapen.

Om me heen hoorde ik de regelmatige ademhaling van mijn klasgenoten. Hoewel het raam openstond, was de zaal snel muf geworden: de geur van zweetvoeten vermengde zich met die van vochtige matrassen en oud ijzer. Vlak bij het gebouw werd een auto gestart. Nadat het licht van koplampen over de stapelbedden en de kasten langs de muur was gegleden, verwijderde het gebrom van de motor zich; ik kon het nog lang horen in de stilte van het bos.

Bijna was ik in slaap gevallen. Wakker blijven. Eerst bidden, anders konden er vreselijke dingen gebeuren. Esther zou me morgen geen blik waardig keuren, zonder dat ik wist wat ik misdaan had. Of erger nog: ik zou morgenavond bij het kampvuur haar hand vasthouden en overmorgen dolgelukkig naar huis fietsen, om, eenmaal in mijn straat beland, een lange rij brandweerwagens aan te treffen die naar de rokende ruïne leidde van wat eens ons huis was geweest, waaruit mijn ouders naar buiten zouden stappen met de woorden: 'We hebben besloten te gaan scheiden.' Bidden was noodzaak. En mijn gebed afraffelen had geen enkele zin, dat kwam op hetzelfde neer als het overslaan.

Voetstappen in de gang. Ze hielden halt bij de deur van onze zaal. Een bescheiden lichtbundel viel op de vloer, en ik herinnerde me dat meneer Van Stipriaan had gezegd dat hij zou surveilleren. Het licht van zijn zaklantaarn bescheen het stapelbed naast mij, waar de gedaanten van Alexander Blankwater en Tom Nooijen lagen te slapen; ik sloot snel mijn ogen. Meneer Van Stipriaan liep met rustige, zachte tred door de zaal, waarbij af en toe een houten plank kraakte. Toen hij naast mijn bed stilstond, ademde ik opzettelijk traag en zwaar. Onze onderwijzer vervolgde zijn weg door de zaal. Ik vond het heel prettig te weten dat deze nachtwacht de ronde deed, ik was niet de enige die wakker was. Toen de voetstappen zich door de gang verwijderden, was ik ervan overtuigd dat meneer Van Stipriaan straks nog wel een keer terug zou komen, en het gevoel dat er iemand een oogje in het zeil hield, stemde me zo dankbaar dat ik vurig begon te bidden.

Midden in de nacht werd ik wakker en merkte dat ik moest plassen. Ik had geen enkele moeite me te oriënteren. Werktuiglijk diepte ik mijn bril uit de koffer onder mijn bed op en glipte tussen de silhouetten van de stapelbedden naar de badruimte, waar mijn trefzekere hand, die meer wist dan ik, een zoemende lichtbron in werking stelde. Hoe doelmatig ik ook handelde (ik wilde de gulp van mijn pyjamabroek openmaken, toen ik merkte dat ik dat onderweg al gedaan had), toch was ik niet echt wakker. Ikzelf was het niet die naar de wc ging, maar een anonieme jongen met aandrang. Mijn geest was een grote donkere hal, waarin slechts een klein hoekje verlicht was, en in dat hoekje ging ik plassen. Ik spoelde door, hield mijn handen een tel onder de kraan, deed het licht uit, alles zoals het hoorde, en kroop mechanisch weer in bed, waar echter, tot mijn grote ergernis, iemand in bleek te liggen. Zonder iets te zeggen probeerde ik de indringer eruit te duwen, of in ieder geval zo ver te krijgen dat hij opschoof, maar toen hij luidkeels protesteerde en tegenstand bood, en mijn blik op een leeg bed viel, besloot ik de wijste te zijn en daar te gaan liggen; verontwaardigd trok ik de dekens over me heen.

De volgende ochtend drong het met een schok tot me door dat ik had geprobeerd bij Tom Nooijen in bed te kruipen. Uitgerekend bij die druktemaker, die me mijn vergissing duur betaald zou zetten! Wat zou hij allemaal niet verzinnen om me bij mijn klasgenoten belachelijk te maken? Ik kende hem goed genoeg om te weten dat ik, door uit te leggen dat ik half in slaap – of eigenlijk helemaal in slaap – was geweest, de zaken alleen maar erger zou maken. Het beste was er geen woord over te zeggen. Tom zat met onbloot bovenlijf op zijn bed en trok zijn schoenen aan. Plotseling sloeg hij zijn ogen op en keek me recht aan, zwijgend. Hij wilde me natuurlijk nog even in spanning laten, om me dadelijk aan de ontbijttafel te kijk te zetten. Ik berustte in het onvermijdelijke. Goed, alle jongens mochten me uitlachen – maar God, alstublieft, laat Esther niet horen dat ik in Toms bed ben beland.

Aan het ontbijt zei Tom echter geen woord over wat er gebeurd was, hij was trouwens opmerkelijk zwijgzaam. Wel wierp hij me over de pindakaas en de hagelslag nogmaals een doordringende blik toe. Waar wachtte hij op?

De eerste meisjes kwamen de zaal binnen. Esther was er nog niet bij. We merkten meteen dat er iets aan de hand was. Ze hadden groot nieuws. Het was Judith van Zweden die het verhaal vertelde. Gisteravond laat was juffrouw Meulenbelt, door bepaalde geluiden gealarmeerd, de kamer van Cindy en Esther binnengevallen, en had het op een gillen gezet toen ze daar twee oudere jongens aantrof, die halsoverkop waren gevlucht door het open raam. Naar de aanblik die Cindy en Esther boden, kon Judith alleen maar raden, maar juffrouw Meulenbelt was zo overstuur geraakt dat ze de twee vriendinnen luidkeels voor sletten had uitgemaakt. 'Sletten!' herhaalde Judith fluisterend. Meneer Van Stipriaan liep langs met een kop thee.

De betrapte meisjes waren onmiddellijk geschorst en nog dezelfde avond per auto van het kamp afgevoerd. Juffrouw Meulenbelt bleek door het incident te veel van slag om haar taken te kunnen blijven vervullen, en zij was vanochtend in alle vroegte vertrokken.

Wij – de jongens – wisten niet wat we hoorden. Dat had zich allemaal hier op het kamp afgespeeld, bijna onder onze ogen.

'Van Cindy had ik zoiets wel verwacht, maar van Esther…' zei Nicolette Bongers, terwijl ze haar lange, goudblonde haar tussen wijs- en middelvinger nam en over haar schouder plooide.

'O jawel,' zei Claudia van Schaijk, 'vergis je niet in Esther, hoor.'

Hierna liet de sportdag die op het programma stond me volkomen koud. Richard Haring zegevierde op bijna alle onderdelen. Ik won het hardlopen, wat me onder Esthers ogen dolblij zou hebben gemaakt, maar nu niet.

Tijdens het kampvuur 's avonds moesten we het zonder het gitaarspel van juffrouw Meulenbelt stellen. Na een warme dag was het flink afgekoeld. Helaas wilde het vuur niet hoog oplaaien, misschien was het hout vochtig geworden. Ik miste Esther, en eigenlijk ook Cindy. Toch was ik niet alleen maar verdrietig.

Ik wist niet wat sletten waren en durfde het mijn klasgenoten niet te vragen, maar het was gemakkelijk een aantal dingen op eigen kracht te bedenken. Een slet was iets ongunstigs, want het was een scheldwoord. Dat Esther en Cindy daar door juffrouw Meulenbelt voor waren uitgemaakt, had te maken met de jongens die ze stiekem op hun kamer hadden toegelaten. En ten slotte had ik het sterke vermoeden dat het woord met opgroeien te maken had, en dat gaf er naast een bedenkelijke toch ook een veelbelovende klank aan.

'Sletten.'

Ik huiverde in mijn zomerjack.

## 20

Na twee dagen afwezigheid kreeg ik van Orlov een stormachtig onthaal. Hij danste kwispelend rond, besnuffelde me van top tot teen en rende van pure vreugde door het bos, totdat de reden van zijn blijdschap hem weer te binnen schoot en hij terugkeerde om in de huiskamer om me heen te springen. En de rest van de dag draafde hij, telkens als hij de verloren zoon tegenkwam, kwispelend op me af, met zijn kop laag en oren naar achteren, om de begroeting nog eens dunnetjes over te doen.

Aan tafel zeiden mijn ouders geen woord tegen elkaar. Ik moest vertellen hoe het kamp geweest was. Dat deed ik, waarbij ik eigenlijk alles wat voor mij belangrijk was verzweeg. Nadat ik mijn moeder had geholpen met afruimen en afwassen deed ik een greep in mijn koffer en overhandigde haar triomfantelijk de zakken drop die ik had meegekregen, zowel die voor mijzelf als die om uit te delen.

Er restten nog twee schooldagen voor de zomervakantie. We zaten onze tijd een beetje uit. Meneer Van Stipriaan vertelde geschiedenisverhalen, we improviseerden toneelstukjes en zongen ons hele schoolrepertoire. De stoelen van Esther en Cindy waren leeg. Na het luiden van de laatste bel gaf ik meneer Van Stipriaan plechtig een hand en presenteerde hem het cadeau dat mijn moeder had meegegeven, een smetteloos boek waar ze zelf niets aan vond en dat ze feestelijk had ingepakt.

Onderweg naar huis kreeg ik de ingeving bij Esther langs te gaan. Ik ging steeds langzamer lopen. Er klonk gerommel als van een ver onweer: hoog aan de hemel trok een straaljager, die even blonk in het zonlicht, een witte streep. Dat was een teken. Ik liep ons huis voorbij. Esthers huis was het voorlaatste van de straat. Vergeleken bij het laatste huis, een moderne villa met grote ramen en een in strakke lijnen aangelegde voortuin, maakte het een vervallen indruk. Het witte pleisterwerk van de voorgevel was door de vochtigheid van overhangende bomen groen uitgeslagen. Zou ik durven aanbellen? Tot mijn schrik besefte ik dat ik het tuinpad al opliep. Ik had geen idee wat ik tegen Esther wilde zeggen. En als niet zij, maar het uniform van haar vader in de deuropening verscheen, was ik verloren.

Ik drukte op de bel.

Er verscheen niemand.

Ik durfde geen tweede keer te bellen, stel je voor dat er nu wel iemand zou komen. Snel liep ik het tuinpad af. Ik wierp nog een blik op het huis. De jaloezie voor het raam van de huiskamer was neergelaten en halfgesloten. Was Esther op vakantie? Was ze bij haar moeder in Amersfoort? Of had haar vader, als militair gesteld op discipline, haar van het schoolkamp naar een strafkamp gestuurd? Ik had wel eens gehoord van tehuizen voor moeilijk opvoedbare meisjes.

Thuisgekomen liet ik me in een stoel vallen. Esthers afwezigheid drukte zwaar op me. Charlotte, die ook net uit school was en zich had omgekleed om met Orlov te gaan spelen, vroeg of ik dadelijk het bos in kwam. 'Ik kom zo,' zuchtte ik, zonder me te verroeren. De grote vakantie, waar ik me enorm op verheugd had, leek me nu zo aantrekkelijk als een bodemloze put. Ik luisterde naar het tikken van de staande klok. Er was een zware bromvlieg binnengekomen, die hinderlijk zoemde en hardnekkig tegen het gesloten raam bleef botsen, terwijl het venster ernaast wagenwijd openstond.

Charlotte verscheen op het terras. 'Kom je nou?' Geërgerd

wuifde ik haar weg. Ze liep het bos in. 'Hij komt zo,' hoorde ik haar tegen Orlov zeggen.

Ik staarde naar een vlek zonlicht op het Perzisch tapijt, die van minuut tot minuut groter werd. De vakantie was begonnen.

## 21

In de tweede week van de vakantie kwam de Italiaanse tak van de familie logeren, bestaande uit tante Simone, mijn neef Fausto en mijn nicht Graziella. Ooit was tante Simone verliefd geworden op een Italiaan die net als zij op vakantie in Venetië was. Thuisgekomen leerde ze bliksemsnel Italiaans, en na een intensieve briefwisseling en een korte verloving traden ze in het huwelijk. Oom Roberto verruilde de zon van Calabrië voor de Eindhovense gloeilampen. Fausto en Graziella werden geboren in Nuenen.

Nadat oom Roberto het een paar jaar als gastarbeider had uitgehouden, keerde hij met vrouw en kinderen naar zijn geboortedorp terug om zijn vaders boerenbedrijf over te nemen. Iedere zomer legden ze duizenden kilometers in hun Fiat af om in Nederland op familiebezoek te gaan. Ik kon goed overweg met Fausto, die één jaar ouder dan ik was. Graziella was van Charlottes leeftijd.

Tante Simone kwam nooit met lege handen: een paar jaar geleden had ik een speelgoedbuks gekregen waar per ongeluk het prijsstickertje nog op zat, zodat ik erachter kwam dat die buks negenduizend lire gekost had. Ik wist niet eens dat er speelgoed vervaardigd werd waar je zulke astronomische bedragen voor moest neertellen, het verbaasde me dat de loop niet van puur goud was. Een paar dagen later reeds brak tot mijn ontzetting de grendel af.

Deze keer was de komst van de Italianen beladen, deze keer kwamen ze met z'n drieën. Vorige herfst was oom Roberto verongelukt doordat zijn tractor op de steile helling van zijn olijfboomgaard was gekanteld. Ik vond het erg toen die onheilstijding ons bereikte, maar het ergste vond ik dat iedereen om me heen verdrietig was. Charlotte had een hele dag gehuild. En ik? Ik was bang dat ik ongevoelig was.

Het was voor het eerst sinds de dood van zijn vader dat ik Fausto zou zien. Ik was nerveus, ik vond dat ik er toch wat over moest zeggen. Aan mijn moeder legde ik het volgende zinnetje voor: 'Ik vind het heel erg dat je vader dood is', en bij het uitspreken van die woorden zou ik Fausto's hand schudden. Het leek mijn moeder een passende condoleance.

Ik schraapte mijn keel toen de Fiat, nu bestuurd door tante Simone, de oprit in draaide. Mijn neef bleek enorm gegroeid en was nu bijna een kop groter dan ik. Zijn gezicht stond even plechtig als het mijne. Ontroerd greep ik zijn uitgestoken hand en begon: 'Ik vind het heel...' om met een schreeuw mijn hand terug te trekken. Eerst lag Fausto krom van het lachen, vervolgens toonde hij het apparaatje dat hij in zijn handpalm verborgen had gehouden, ontworpen om argeloze handenschudders een stroomstoot toe te dienen en waarschijnlijk gekocht in een winkel voor feestartikelen. Ja, dat was waar ook... mijn neef was er altijd tuk op iemand een poets te bakken.

Toch hadden we ook veel met elkaar gemeen – onze interesse voor verrekijkers en telescopen bijvoorbeeld. Fausto drong erop aan dat ik de kleine, lichtgewicht telescoop die hij uit Italië had meegenomen aan mijn oog zou zetten.

'Je moet je bril af doen,' zei hij.

'Ik krijg het beeld niet scherp,' zei ik.

'Draaien, hier moet je aan draaien!'

Maar hoe ik ook aan het oculair voor mijn oog draaide, ik kreeg geen helder beeld. Ik gaf het instrument aan Fausto terug, die het met een uitgestreken gezicht in elkaar schoof en in zijn zak stopte. Een minuut later tikte Graziella me op mijn schouder en adviseerde me in de spiegel te kijken. Toen zag ik de roetzwarte kring om mijn oog.

Zodra het kon maakten mijn neef en ik ons los van de rest van de familie en verdwenen in het bos. Fausto banjerde rechtstreeks naar de boshut waarin het wapentuig lag waarmee we ons vorige zomer samen hadden vermaakt, maar dat in mijn ogen inmiddels onnozel speelgoed was geworden. Zonder enige aarzeling gespte hij een riem met holster om, bewapende zich met de minst verroeste revolver uit de kist, en pakte een oude cowboyhoed van een spijker. Hij stak zijn vuist erin zodat hij opbolde en sloeg er met een welgemikt klapje van de zijkant van zijn hand een nieuwe gleuf in. Hij zette de hoed echter niet op, misschien omdat zijn zwartglanzende, licht krullende haar dan uit model zou raken, maar droeg hem in de nek, waar hij op zijn plaats werd gehouden door het koord dat om zijn keel spande. Zo uitgedost richtte hij zich in zijn volle lengte op, liet zijn borst zwellen en bracht met beide handen aan de mond een volmaakte imitatie van de Tarzankreet voort, die niet alleen de hut maar de hele omringende jungle op zijn grondvesten deed schudden, en die in mij onmiddellijk een diep verlangen wakker riep: ik haastte me de kist in te duiken en kwam boven met mijn geliefde pijl-en-boog.

Twee dagen lang schoten we op alles wat bewoog. Door overvloedige regenval was de vegetatie hoog opgekomen, en op sommige plaatsen moesten we door een zee van gebladerte waden; wanneer de zon doorkwam was het bos gehuld in een groen waas, als een aquarium. Fausto bedacht prachtige avonturen voor ons. Hij haalde zijn inspiratie uit andere strips, films en televisieseries dan ik. Ivanhoe en Robin Hood zeiden hem niet zoveel; zijn helden waren Tarzan en Sandokan, de Maleisische zeerover. Verder was zijn kijk op de wereld flink beïnvloed door spaghettiwesterns. Hij sloeg bijvoorbeeld een mug op zijn wang dood en gromde: 'Verdomde mosquito's.'

De hinderlaag was zijn vaste thema. Hij had zijn leven lang wel in hinderlaag willen liggen. Het doelwit was Graziella, die Charlottes fiets had geleend (in Italië had ze er geen) en zielsgelukkig rondjes over het zandpad in ons bos reed. 'We vallen aan wanneer ze dat het minst verwacht,' zei Fausto met een duivels lachje om zijn lippen. Maar na een paar keer door ons in haar fanatieke gepeddel te zijn gestoord, toerde Graziella rond met een houten zwaard onder de snelbinders, waarmee ze bij de eerstvolgende overval genadeloos op ons insloeg.

Nog mooier dan speelgoedwapens waren echte wapens. Vol trots toonde ik mijn neef het Zwitserse zakmes dat ik met Sinterklaas had gekregen. 'Un momento, prego,' zei Fausto. Hij rende ons huis in, kwam terug met een hand onder zijn T-shirt en trok me mee dieper het bos in, waar we voor de volwassenen absoluut onzichtbaar waren. Vervolgens toonde hij een puntgave dolk. Het houten gevest was met ijzer ingelegd, het lemmet was lang en recht. De schede, zei hij, was van hertenleer. De dolk lag verrukkelijk in de hand; ik gaf het wapen terug en veegde mijn klamme hand aan mijn broek af. 'Ja,' zei Fausto dreigend, 'dit is voor het echte werk.'

Hij jongleerde even met de dolk, nam toen de punt ervan tussen duim en wijsvinger en maakte een vinnige werpbeweging, waarna het wapen trillend in een eik twee meter verderop bleef staan. Ik was sprakeloos. 'Nu jij,' zei Fausto.

Nadat ik de dolk uit de boom had getrokken, begon er hars uit de bast te sijpelen. Met het eindresultaat scherp voor ogen – die van woede sidderende dolk diep in de weerloze bast geplant – haalde ik krachtig uit. Ik wist de boomstam te raken, maar het wapen ketste af en sprong terug. Ik bleek een aanslag op mijn eigen leven te plegen die ik ternauwernood kon ontwijken.

Na twee dagen in het bos vond Fausto het tijd onze horizon te verbreden, en wat me in gezelschap van een hele groep klasgenootjes nooit was toegestaan, was me in gezelschap van mijn neef vanzelfsprekend vergund: ik mocht de straat op. Die toestemming had er niet alleen mee te maken dat hij een jaar ouder was en tot de familie behoorde. Thuis in Calabrië was Fausto op zichzelf aangewezen wanneer hij hele dagen op sandalen door de uitgedroogde heuvels rondzwierf, de kudde geiten van zijn oom hoedend en met een katapult op slangen en hagedissen schietend. Zo'n jongen, zeiden mijn ouders, liep niet in zeven sloten tegelijk.

We verlieten het oerwoud. Onze wapenrusting hadden we afgelegd, op straat zouden we ons daarmee alleen maar belachelijk maken. Fausto stelde voor een frietje te gaan halen, wat ik geschrokken van de hand wees. In mijn hele leven was ik hooguit drie keer in een friettent geweest, en dan nog vergezeld door mijn vader, wanneer we friet voor het hele gezin gingen halen. De blauwe walm die er om te snijden was, het sissen van het kokende vet, de zwetende frietbakker, de lummelende, sigaretten rokende, verdachte jongeren, verantwoordelijk voor de barricade van bromfietsen die voor de deur was opgeworpen, de schelle muziek die nog overstemd werd door de ratel- en belgeluiden van een flipperkast in de hoek… dat alles maakte een snackbar tot een plek waar je je leven niet zeker was, en wanneer mijn vader en ik ons met een gezinszak gloeiend hete friet snel uit de voeten maakten, was dat om de vangst thuis nog enigszins warm over de borden te kunnen verdelen, maar ook met het gevoel dat we onze friet voor de poorten van de hel hadden weggesleept.

Op mijn voorstel liepen we het dorp niet in, maar uit. We passeerden Esthers huis.

'Hier woont een meisje uit mijn klas,' zei ik.

'O,' zei Fausto.

Nadat we de provinciale weg waren overgestoken, kwamen we bij de gemeentegrens. De weg was hier niet meer dan een breed, verhard pad dat tussen boerderijen en weilanden liep, en waar houten telefoonpalen langs stonden, met witte porseleinen knoppen bovenin.

'Boerenzwaluwen,' zei ik. Ze zaten, met hun diep gevorkte staarten, op de telefoondraden.

Niet ver weg hobbelde een tractor vervaarlijk over een akker met diepe voren. Ik keek uit mijn ooghoeken naar mijn neef.

Toen we op gelijke hoogte waren gekomen, stak Fausto zijn hand op. Vanaf de tractor werd die groet beantwoord.

We naderden de grote plas waar ik vorige winter geschaatst had. Achter een zoom van knotwilgen en riet klonk het gesnater van wilde eenden en het verkouden trompetje van een meerkoet. Bij het water bleken alleen een paar hengelaars aanwezig. We liepen op ons gemak langs de oever. Fausto droeg een luid spelend transistorradiootje aan zijn broekriem, zodat vogels in de wijde omtrek wisten dat we in aantocht waren, maar dat maakte me niet uit, ik genoot van mijn vrijheid. Wat mijn aandacht trok, daar ging ik op af.

We ontdekten een in de bosjes verscholen hut, waar een tijdschriftje op de grond lag. Fausto raapte het op, begon goedkeurend te grinniken terwijl hij het doorbladerde en gaf het toen aan mij. Er stonden zwart-witfoto's in. Ik wist niet eens dat er zulke tijdschriftjes bestonden. Vrouwelijk naakt sprong eruit. Met een achteloos gebaar liet ik het op de grond vallen, waarna ik snel de hut verliet, hopend dat Fausto mijn verwarring niet had opgemerkt. Ik keek rond: had een van de hengelaars ons uit de hut zien komen? Iedereen staarde naar zijn dobber.

Bij de grote plas waren zandheuvels waartussen kleinere waterplassen lagen; jongens van mijn klas gingen hier soms kikkervisjes vangen. Ik beklom de hoogste heuvel en volgde met mijn blik de nabijgelegen oude spoorlijn – die waarover koningin Victoria en de Russische tsaar hadden gereisd – in de richting van het dorp. Hier liepen de rails tussen de weilanden, maar na de provinciale weg te hebben gekruist, doorsneden ze een brede strook bos. Daar, aan het oog onttrokken door de bomen, lag Esthers huis, en iets daarachter het onze. Verderop, in noordwestelijke richting, tekenden de twee torenspitsen en de koepel van de Sint-Lucaskerk zich tegen de hemel af. Plotseling kwam de term 'vieze plaatjes' in me op, die ik ooit ergens gehoord had. Ik wist nu wat daarmee bedoeld werd.

Even later, op onze terugweg, liep ik met opzet langs de hut, in de hoop dat Fausto zou voorstellen nog even naar binnen te gaan. Maar mijn neef deed alsof er niets gebeurd was. Misschien waren die blaadjes in Italië heel gewoon.

De volgende dag trokken tante Simone, Fausto en Graziella verder op hun reis langs de familie. We stonden allemaal op de oprit om afscheid te nemen. 'Een kus geven hoeft niet, hoor,' zei mijn tante lachend, dus gaf ik haar een hand. Mijn moeder veegde een traan weg en wenste haar zus sterkte. Fausto liep om de Fiat heen, controlerend of de bagage op de imperiaal wel goed was aangesjord, en trok er een gezicht bij alsof hij dadelijk hoogstpersoonlijk de motor zou starten.

'Kijk eens hoe hij dat doet,' zei mijn moeder zachtjes.

'Ja, hij is nu de man in huis,' antwoordde mijn vader.

Fausto had de auto reisvaardig bevonden. Hij knikte ernstig en kwam toen met uitgestoken hand op me af, die ik niets-vermoedend drukte.

## 22

Zoals altijd begon onze vakantiereis met een schuldgevoel. Op de avond voor vertrek loodsten we Orlov onder valse voorwendselen de auto in om hem regelrecht naar het hondenpension te brengen, waar we hem, zoals we heel goed wisten, twee weken later sterk vermagerd zouden ophalen. Op de ochtend van de reis moesten we voor dag en dauw opstaan. Mijn vader gaf daarvoor als reden op dat hij files en het heetst van de dag wilde mijden. Met die logica overtuigde hij ons ieder jaar weer, en ieder jaar was het gevolg dat we halverwege de heenreis, tot stilstand gekomen in een weergaloze verkeersopstopping ergens in Frankrijk, niet alleen door de hitte maar ook door slaapgebrek werden gekweld.

Zuchtend en steunend laadde mijn vader de tassen en koffers in de auto. 'Hebben we nou alles?' Niemand durfde hem te antwoorden. Toen alles eindelijk was ingepast en mijn vader, het zweet op zijn voorhoofd, de kofferbak wilde dichtslaan, zette Anna, die met inpakken altijd de traagste was, haar koffer naast hem neer. 'Wat is dit?' stamelde hij met opengesperde ogen, maar mijn zus had wijselijk de benen genomen. Tierend begon hij de bagage uit te laden. 'Nou kan ik opnieuw beginnen!'

Eindelijk kregen we bevel onze posities in de overgebleven ruimte in te nemen. Mijn vader verdween om voor de laatste keer te controleren of ramen en deuren van het huis gesloten waren. De minuten verstreken, ik begon al te merken dat het niet gemakkelijk zat, met een koelbox tussen mijn voeten.

'Het is in orde, hoor,' zei mijn vader toen hij instapte.

'We zitten allemaal op je te wachten,' zei mijn moeder.

Hij startte de motor.

'Zwaaien.'

'Alsjeblieft,' zuchtte mijn moeder.

'Zwaaien!' herhaalde hij.

Ik begon naar het verlaten huis te zwaaien, en mijn vader toeterde terwijl we de weg op draaiden.

'En nu maar bidden dat we geen lekke band krijgen,' zei hij.

De stemming in de auto verbeterde toen we door Zuid-Limburg reden. Heuvels en bossen, daar hielden wij van. En helemaal van bergen en bossen. De bergen waren adembenemend. Mijn vader had hoogtevrees, maar vreemd genoeg had hij daar als chauffeur totaal geen last van, zoals hij meer dan eens had bewezen in de Alpen, waar hij met vaste hand door haarspeldbochten stuurde, terwijl wij over de vangrail de afgrond in keken. Hij overdreef zijn koelbloedigheid aan het stuur graag door op details in de diepte te wijzen, een kerkje, pittoreske rode daken, zodat wij gilden dat hij op de weg moest letten. De eerste nacht op het vakantieadres had hij altijd nachtmerries.

Dit jaar verbleven we in La Plagne, waar we een chalet met uitzicht op de Mont Blanc huurden. Op de tweede dag raakten we bij de plaatselijke kruidenier aan de praat met een landgenoot die een vogelliefhebber bleek. Mijn ouders schoven mij naar voren. Ik vroeg de man, die een jagershoedje droeg, welke vogels hij in de omgeving gezien had. 'Kruisbek, notenkraker, raaf...' Hij noemde een hele lijst op. Hij was er vrij zeker van in het hooggebergte de alpenheggenmus in de kijker te hebben gehad. En hij had een havik gezien.

'Waar? Waar dan?' riep ik.

De man stapte langs het schap met wijnflessen en wees simpelweg door de geopende deur naar de tegenoverliggende bergflank. 'Daar, in het naaldbos.'

Hij sprak als een kenner, maar het jagershoedje gaf hem iets sulligs, dus vroeg ik voor alle zekerheid of het geen sperwer was geweest.

'Een havik is toch wel een stukje groter dan een sperwer,' zei hij met een toegeeflijke glimlach. 'Ik heb ook een nest gevonden, ik denk dat het kortgeleden verlaten is. De ouders en de jongen zullen waarschijnlijk nog een paar weken in de omgeving rondvliegen. Overmorgen ga ik er weer heen, en dan met mijn Leica.'

Hij wilde mijn vader en mij best meenemen. We zouden natuurlijk wel in alle vroegte vertrekken, bij zonsopgang zelfs. Mijn vader maakte een handgebaar alsof dat voor hem dagelijks werk was. Nadat we hadden afgesproken elkaar voor de deur van de kruidenier te ontmoeten, gingen we uit elkaar. Op weg naar ons chalet nam ik mijn vader een doos met boodschappen uit handen. Onder het lopen draaide ik mijn hoofd steeds naar de beboste berghelling die de man had aangewezen, en die in een mysterieus licht gehuld was. Slechts één dag nog scheidde me van de havik.

De volgende dag maakten we een tochtje met de kabelbaan van het station in Plagne Bellecôte naar de nabijgelegen gletsjer en weer terug. Het uitzicht was schitterend en het zou een leuk uitstapje geweest zijn als mijn vader, toen de cabine door een windvlaag begon te schommelen, ons en een stomverbaasd Duits echtpaar niet had toegeblaft roerloos te blijven zitten.

's Avonds haalde ik mijn vogelgids tevoorschijn, die vanzelf openviel op de pagina met de havik. Ik bekeek zijn klauwen en haaksnavel, bedoeld om te doorsteken en te verscheuren. Ik kon de bijbehorende tekst wel dromen. Dat de havik 'onverschrokken' was en 'uitzonderlijk fel'. Hij joeg zelfs op andere roofvogels! En een jagende havik was zo onbesuisd dat hij nauwelijks acht sloeg op obstakels; bij een razendsnelle achtervolging in een dichtbegroeid bos kon het gebeuren dat hij er zelf niet zonder kleerscheuren afkwam. Hij zag alleen zijn prooi. Wat eenmaal was gevangen in dat 'oranjegele oog, met de spreekwoordelijke scherpte', was ten dode opgeschreven – zo simpel lag dat.

Ik boog me, in pyjama, voor de laatste keer over de illustratie in mijn gids, terwijl ik mijn bril vaster op mijn neus drukte. Nog één nachtje slapen… Ik nam het slanke silhouet met de lange staart, de witte wenkbrauwstreep, de vlammende blik en de gebandeerde borst minutenlang in me op, en toen ik mijn ogen sloot, stond de havik op mijn netvlies gegrift.

Na een korte, onrustige nacht probeerde ik mijn vader op te jagen, bang onze afspraak te missen. Hij protesteerde geeuwend, maar begon toch zijn wandelschoenen aan te trekken. Ik wist dat dit uitstapje een enorme opoffering voor hem was; blijkbaar was hij daartoe op vakantie eerder bereid dan thuis. Eindelijk stonden we klaar om op pad te gaan. Mijn moeder stopte de boterhammen die ze voor ons gesmeerd had in mijn rugzak. We stonden al bij de voordeur, toen erop gebonsd werd.

Mijn vader deed open. Het was Madame Legrandin, de buurvrouw en verhuurster van ons chalet. Ze was al op leeftijd, en zag er in het kleurloze ochtendlicht uit als een geest. Er was telefoon voor mijn vader. Geschrokken liep hij met haar mee.

Twee uur later startte hij de auto. Onze in het wilde weg gestouwde bagage bleek er ditmaal gemakkelijk in te passen. 'Je regrette beaucoup,' zei Madame Legrandin, frommelend aan haar schort. Het speet haar dat oma op sterven lag.

Terwijl we La Plagne verlieten keek ik naar de zonbeschenen berghelling, waar de blauwgroene stralen over de aaneengesloten dennentoppen flitsten. De man met het jagershoedje zou, na vergeefs op ons gewacht te hebben, ondertussen in de buurt van het nest gearriveerd zijn, en zijn spiegelreflexcamera scherpstellen op de haviksjongen die zich oefenden in het vliegen en het jagen. De tranen schoten in mijn ogen. Toen ving ik mijn vaders blik in de achteruitkijkspiegel.

'Jij houdt veel van oma, hè?' zei hij schor.

Ik sloeg mijn handen voor mijn gezicht.

Tijdens de terugreis werd er weinig gesproken. Mijn moeder overtuigde mijn vader ervan dat hij een paar keer een halfuur rust moest nemen; ongedurig liep hij dan, zijn handen in zijn zakken, over de parkeerplaats. Wanneer hij weer bij de auto kwam, zei hij alleen maar: 'Koffie', waarna mijn moeder hem bijschonk uit de thermosfles. We bekeken hem met enig ontzag. Eigenlijk beviel hij me niet slecht in de staat waarin hij verkeerde. Hij leek zich nauwelijks aan ons te storen. Maar we deden er dan ook alles aan geen ergernis te wekken; we durfden op de achterbank geen spelletjes te doen en de rit duurde eindeloos.

Zonder veel trek aten we in een wegrestaurant; daarna viel ik in slaap; diep in de nacht kwamen we thuis. Mijn vader belde onmiddellijk naar mijn oom, die hij vanochtend aan de lijn had gehad, en vervolgens naar mijn tante, maar geen van beiden nam op. Daarna draaide hij het nummer van het ziekenhuis waar oma was opgenomen. Ze was 's ochtends al overleden.

# 23

Ik was nieuwsgierig door de geheimzinnige sfeer in het halfdonkere vertrek – zachte orgelklanken, een zware bloemengeur, de zwartgelakte kist, de brandende kaarsen in hoge kandelaars aan weerszijden van het hoofdeinde –, maar toen ik de kist was genaderd en er een blik in wierp, schrok ik hevig. Dit intens bleke gezicht had ik niet verwacht, en ook niet de donkere vlekken rond de gesloten ogen, als schaduw die vanuit de binnenkant oprukte. Dus dit was de eeuwige slaap? Ik had niet het idee naar een slapende te kijken, eerder naar een bezoeker van een andere planeet, een superieure levensvorm die communiceerde zonder te spreken, zonder zelfs maar de ogen te openen. Het duurde heel even voordat ik oma herkende. Ik probeerde mijn afkeer en angst te verbergen, ik voelde dat ze me op een of andere manier in de gaten hield.

Toen we een uur later achter de kist de kerk in liepen, zag ik tot mijn verbazing dat mijn moeder het haar van mijn vader, dat in de nek iets te lang was en krullend over de kraag van zijn donkere kostuumjas viel, met een liefdevol gebaar in het gareel streek. We namen plaats op de voorste kerkbank. De priester had de kist gezegend en begon zijn gebeden. Ik wist dat mijn vader gespannen was omdat hij als oudste zoon het woord zou moeten voeren. Op het moment dat hij naar de lessenaar bij het altaar liep, was ik nerveus alsof ik zelf een spreekbeurt moest houden. Zijn stem stokte een paar keer, maar dat waarvoor hij bang was geweest, dat hij niet verder zou kunnen spreken, gebeurde niet. Toen hij weer had plaatsgenomen, zag ik vanuit mijn ooghoeken dat mijn moeder haar hand op zijn bovenbeen legde en er een kort kneepje in gaf. En ik voelde meteen dat mijn zussen het ook gezien hadden.

Het koor zong niet alle noten even zuiver. Ik hoorde oma zeggen: 'Is het een ander koor? Het klonk vorige keer beter.' Plotseling zag ik haar duidelijk voor me, zoals ze bij haar leven was geweest. Prompt vergaf ik haar dat ze het moment van haar sterven zo slecht gekozen had dat ik de havik was misgelopen, en ik voelde dat zij op haar beurt me mijn egoïsme vergaf.

'Halleluja,' zei de pastoor.

Ik dacht aan ons afscheid nadat ze voor de laatste keer bij ons gelogeerd had. Er was een blije, ongelovige uitdrukking op haar gezicht verschenen toen ik in een opwelling, niet wetend dat het een afscheid voor eeuwig was, begon te rennen om op gelijke hoogte te blijven met haar, die aan het geopende raampje stond. Haar gezicht leek te zeggen: inderdaad, zo nemen kleinkinderen afscheid van hun grootouders, omdat ze tot de laatste seconde samen willen zijn – maar waar heb *ik* dat aan verdiend?

Op tweede paasdag was dat geweest. Eerder die dag had ze bij ons aan de piano gezeten – die net zo zwartgelakt was als haar kist – en Schubert gespeeld. Die muziek, die ze al kende uit haar kindertijd, had haar meegesleept, ze had het niet kunnen helpen, ze had haar stijfheid laten varen en haar onmogelijke, valse lied ingezet. En mijn zussen en ik hadden haar zeldzame spontaniteit beloond door achter haar rug onze oren dicht te stoppen, stikkend van het lachen.

Charlotte, naast mij in de kerkbank, keek opzij, zag mijn tranen en werd erdoor aangestoken. Samen snikten we het uit. Dat was natuurlijk niet verboden, huilen bij een begrafenis, maar omdat ons gesnik in een verder stille kerk klonk, voelde ik me er toch ongemakkelijk bij. Ik was bang dat zoveel vertoon van verdriet op de anderen onecht, leugenachtig zou overkomen.

De kist werd door het middenpad gedragen en wij volgden in een korte stoet. Toen ik naar buiten stapte, de frisse lucht in, begonnen de klokken te luiden, terwijl het koor meteen ver weg klonk. Onder de blauwe hemel staken we het kerkhof over, om halt te houden bij een aan de muur grenzende grafkuil, die door de priester bewierookt en met wijwater besprenkeld werd.

'Zij gaat nu aan haar laatste reis beginnen,' zei de priester.

Oma reisde altijd eersteklas, met haar hoed, leren handschoenen en wandelstok en de zware koffer die ze nooit zelf droeg; ze wist altijd wel iemand te vinden die dat gevaarte een eindje voor haar zeulde. Vandaag waren het zes in het zwart geklede mannen – ik besefte meteen dat dit een rare gedachte was. Die mannen droegen niet haar koffer, maar haar kist.

Nadat de kist in de kuil was neergelaten, zeiden we allemaal het Onzevader.

Toen ik die avond naar bed ging, schoot me te binnen dat oma het televisiejournaal niet zou zien wanneer ik de Nobelprijs in ontvangst nam. Als ze van die plechtigheid getuige zou zijn, dan was het op een rare, spookachtige manier.

In bed probeerde ik vooral niet aan het lijk in de kist te denken, maar aan oma. Aan heel gewone dingen, zoals dat ze ons altijd een gulden gaf voor onze schoolrapporten. En dat mijn naam nooit over haar lippen was gekomen.

# 24

Zoals ieder jaar bleek de eindeloze zomervakantie plotseling toch voorbij. Mijn middelbareschooltijd begon. Het was tien minuten fietsen naar het Heilig Hart College; Oscar en ik hadden afgesproken samen te gaan. De eerste dag gingen we natuurlijk ruim op tijd van huis. Na een poosje zagen we uit alle richtingen fietsers met schooltassen onder de snelbinders aankomen, die in het dorpscentrum een hele stroom vormden, waarin wij opgingen. Die scholierenzwerm joeg me angst aan, en ik was blij Oscar naast me te hebben, met wie ik een paar nietszeggende woorden wisselde. In een schaduwrijke straat dicht bij de Sint-Lucaskerk bevond zich het Heilig Hart College, gevestigd in een voormalig klooster.

De eerste dag werd er niet veel meer van ons verwacht dan dat we kennismaakten met de regels en gebruiken op school. Een van de nieuwigheden was dat we geen vast lokaal hadden, maar na iedere les bepakt en bezakt op expeditie gingen door het raadselachtige gebouwenstelsel om onze leraren op hun eigen terrein op te zoeken. Om de verwarring te vergroten hadden ze ons een plattegrond gegeven.

De eerste keer dat ik in de stampvolle, lawaaierige aula kwam, zag ik alles wazig, alsof ik mijn bril niet op had. Al die scholieren om me heen vloeiden in elkaar over. In de drukte kreeg ik een por met een boekentas. 'Kijk uit je doppen.' Ik had het idee dat er ook met mijn oren iets niet in orde was, want terwijl ik verdronk in de stemmen, leken ze tegelijk van heel ver weg te komen. Ik vluchtte de aula uit; in de rust van

de kloostergangen keerden mijn normale gehoor en gezichts-
vermogen terug.

Na drie lesdagen fietsten we met vijftig brugklassers naar
een kampeerterrein in de bossen buiten ons dorp, voor het
kennismakingskamp. Van een afstandje zag ik Esthers donkere
haar en blauwe jas in de stoet. (Die jas hing tijdens lesuren
gewoon tussen de andere jassen aan de kapstok in de gang,
onopvallend en uit duizenden herkenbaar; als het kon, hing
ik de mijne ernaast.) Op het kampeerterrein waren twee grote
legertenten voor ons opgezet, waarin we zouden slapen. We
speelden levend stratego. Ik kreeg een kaartje met de rang van
korporaal – eigenlijk hoefde het voor mij toen al niet meer.
Oscar was majoor. Met z'n tweeën zwierven we door een den-
nenbos. De dunne, hoge stammen stonden dicht op elkaar,
maar doordat de onderste takken waren afgestorven – alleen
de boomkruinen waren groen – kon je er toch gemakkelijk
tussendoor lopen. De grond was bedekt met een verende laag
bruine naalden. Toen we omhoogkeken omdat we het geklop
van een specht dachten te horen, liepen we in een hinderlaag
van de vijand. Oscar werd getikt door een jongen die triomfantelijk het geluid van een ontploffing nabootste; ik wist te
ontkomen. Later kwam ik niemand meer tegen, van de tegenpartij noch mijn eigen partij, zodat ik me afvroeg of ik
rennend misschien een markering gemist had en buiten het
speelveld was geraakt.

Ik kwam aan de rand van een zandverstuiving, waar ik op
een omgevallen boom ging zitten. De wind had het gele zand
in een golfvormig patroon geblazen. Een lage heuvel was aan
één kant met helmgras begroeid, op de top stond een eenzame
vliegden. Ik hoorde het gebrom van een onzichbaar vliegtuigje.
Het geschreeuw in het bos achter me klonk op een geruststel-
lende afstand. Ik was blij alleen te zijn en voelde geen enkele
behoefte naar mijn medeleerlingen terug te keren. Eigenlijk

was het helemaal niet zo'n feest om op het Heilig Hart College te zitten. Ik zou veel liever iedere dag naar dit bos fietsen, om erin te schuilen, me met takken te camoufleren, onzichtbaar te worden, en vogels te observeren.

Uit de verte klonk gejuich, even later gevolgd door het geluid van een scheidsrechtersfluitje ten teken dat het spel afgelopen was. Plichtsgetrouw stond ik op en liep in de richting van het fluitsignaal, dat steeds herhaald werd zodat de in het bos verspreide krijgsmacht zich erop kon oriënteren. Nu pas zag ik een rood-wit lint dat om een boom was gewikkeld, en verderop nog een; inderdaad was ik onbedoeld gedeserteerd uit het strategospel. Ik leverde het kaartje met mijn rang in. De tegenpartij had gewonnen. Tom Nooijen rende schreeuwend met het veroverde vaandel over de heide. Hij was er op onverklaarbare wijze in geslaagd op het Heilig Hart aangenomen te worden; zijn vriend Richard Haring was naar de lts gegaan.

We keerden terug naar het kampeerterrein, waar we in het stenen hoofdgebouw aan een opdracht werkten: we moesten een toneelstukje bedenken en repeteren, om het nog diezelfde avond op te voeren. De groep waarin ik was ingedeeld stroomde niet over van inspiratie, en ik had zelf ook geen goed idee want ik werd afgeleid door de groep die naast ons de koppen bij elkaar stak. In die groep zat Esther.

Ik had haar de hele vakantie niet gezien. Mijn blijdschap toen ik haar op de eerste schooldag de klas zag binnenkomen, was van korte duur geweest. Ze deed koel tegen me, alsof ik iets verkeerds had gedaan, alsof ík degene was die een scheldwoord van juffrouw Meulenbelt naar het hoofd had gekregen en van een schoolkamp verwijderd was. 'Sletten!' Haar vriendin Cindy Vrolijk was naar de mavo gegaan. Ik had haar vorige week zien fietsen, het middelpunt van een groepje nieuwe vriendinnen, dat zorgeloos over de hele breedte van de weg uitwaaierde; ze had naar me gezwaaid.

Esther had niet in de gaten dat ik haar gadesloeg, ze luisterde aandachtig naar een jongen in haar groep die precies leek te weten hoe je een goed toneelstuk moest smeden. Uiteindelijk zou het resultaat wel net zo armoedig zijn als bij ons.

's Avonds werden de stukken opgevoerd. Het onze was, zoals ik verwacht had, bedroevend. Diep ongelukkig stapte ik het podium af, niet wetend of de schande aan me vast zou plakken of op het schavot achterblijven, en het verbaasde me dat ze in de zaal nog zo beleefd waren om te klappen.

Daarna kwam Esthers groep op.

Esther speelde een moeder die met haar drie kinderen aan tafel zat. De kinderen vertelden met hoge stemmetjes – grappig bedoeld, niemand lachte – hoe ze het vandaag op school hadden gehad. Toen kwam de vader thuis, die door Esther met een ingetogen kus, niet op zijn wang maar overduidelijk in de lucht, werd verwelkomd. Esther schepte het eten op, vader nam plaats en vertelde dat hij op kantoor promotie had gemaakt. Het was allemaal verschrikkelijk saai. Was dit nu wat ze zo enthousiast hadden zitten bekokstoven?

Toen sprong het zesde en laatste groepslid op het toneel. 'Stop! Stop!' riep hij, wild zwaaiend met zijn armen. 'Mensen, waar zijn we mee bezig? Ik word niet goed!'

Het bleek dat we niet naar een gezin zaten te kijken, maar naar acteurs die een gezin speelden, en naar een boze regisseur die ingreep.

'Ik mis passie!' brulde hij. 'Ik wil bezieling! Jij bijvoorbeeld,' – hij richtte zich tot Esther – 'hou jij dan niet van je man? Ben je dan niet dolblij als hij na een dag hard werken thuiskomt? Nou, laat dat zien dan!' Hij balde zijn vuisten. 'Geef me passie!' Terwijl hij zich naar de coulissen verwijderde, werd er in de zaal gelachen.

De tafelscène werd herhaald. De kinderen spraken nu overdreven levendig en Esther dikte haar liefdevolle, moederlijke toon aan. Toen vader theatraal zijn opwachting maakte, sprong ze op en vloog hem, tot hilariteit van de zaal, in de armen. Bij het bericht van de promotie raakte het hele gezin buiten zichzelf van vreugde.

Maar daar kwam de regisseur weer op: 'Mensen, mensen, wat is dit voor aanstellerij? Dit lijkt wel schooltoneel! Ik zeg altijd: hou het natuurlijk.' Ook klaagde hij dat er te traag geacteerd werd, en klappend in zijn handen, 'tempo, tempo!', ging hij af.

Het gevolg liet zich raden. In vliegende vaart raffelden de acteurs hun tekst af, en toen vader één hap van de imaginaire soep had genomen, verruilde Esther zijn bord al voor het denkbeeldige hoofdgerecht. Zo ging het nog een paar keer: telkens gaf de regisseur nieuwe kritiek op het gerepeteerde fragment, waarna de acteurs zijn aanwijzingen tot in het karikaturale doorvoerden.

Het was slim bedacht. Terwijl alle voorgaande stukken waren uitgelopen op 'eh… eh…' en zachtjes voorzeggen, kenden deze acteurs hun tekst uit het hoofd, wat nogal logisch was omdat ze steeds dezelfde scène speelden. De glansrol van regisseur had de bedenker van het stuk uiteraard zichzelf toebedeeld. Hij heette Pieter Boelens en zat bij mij in de klas, waar hij me tot nu toe niet echt was opgevallen. Op het podium was hij echter overdonderend; nooit eerder had ik iemand van mijn eigen leeftijd gezien die zo fanatiek een rol vertolkte. Bij schooltoneel, daar was ik altijd van uitgegaan, was het hoogst haalbare om de afgang binnen de perken te houden, maar deze jongen greep de kans aan om uit te blinken. Hij kon bijna niet wachten om met verhitte gebaren, die ons bij voorbaat deden lachen, tevoorschijn te stormen en als autoritaire regisseur het hele podium in beslag te nemen.

Na afloop werd er luid geklapt. Eerdere groepen hadden een beleefd applaus beleefd ontvangen, maar Pieter Boelens zette zijn acteurs omstandig op een rijtje en gaf aan dat ze elkaar een hand moesten geven, waarna hij de keten verbrak om zonder valse bescheidenheid in het midden te gaan staan. De hele groep boog als één man – ons applaus werd stormachtig. Esther en Pieter stonden naast elkaar, hand in hand.

Toen we na afloop van de toneelavond over het donkere terrein naar de legertent voor de jongens liepen, zei ik tegen Oscar: 'Wat was hij goed hè, die Pieter?'

Oscar was er niet kapot van.

In de week na het kamp maakte ik op het schoolplein een praatje met Pieter Boelens. Hij was een stuk kleiner dan ik, en stevig gebouwd. Hij had donker, stug haar, volle wangen en een mond met brede lippen; een tamelijk bleek gezicht, waar de felle, donkere ogen uitsprongen. Zijn lange vingernagels vielen me op, en het vuil daaronder.

Hij vroeg tot mijn verrassing: 'Wat was jouw score bij de Citotoets?'

'Vijfhonderdvijftig,' zei ik.

Het was even stil.

'Eindelijk…' verzuchtte hij. 'Eindelijk…' Hij herademde. 'Eindelijk kom ik eens iemand tegen die net zo intelligent is als ik.'

We stonden zwijgend tegenover elkaar.

'Vijfhonderdnegenenveertig,' voegde hij eraan toe, en stak zijn hand met de lange nagels uit, die ik dankbaar en behoedzaam drukte.

Aan het begin van de daaropvolgende les verscheen Pieter met zijn boekentas aan het tafeltje dat tegen het mijne was geschoven – waar Oscar al zat. 'Wil je ergens anders gaan zitten,' zei hij toonloos. Oscar sputterde van verontwaardiging en vroeg mij met zijn blik om steun, maar ik haalde onnozel mijn schouders op.

'Nee, ik zit hier,' zei Oscar koppig.

Pieter legde zijn pennendoos op tafel en haalde er zijn passer uit, waarvan hij de scherpe punt tegen Oscars keel hield. 'We zullen het geen moord noemen, maar doodslag,' zei hij.

Mijn buurjongen stond onmiddellijk op, en Pieter installeerde zich kalm op zijn plaats.

## 25

Van de priesterorde die de voormalige kloosterschool had gesticht, werkte nog een vijftal als leraar. Ze gaven uitsluitend les aan de onderbouw, en hadden zelfs in de brugklas geen enkel gezag. Overigens gingen de paters niet gebukt onder hun onvermogen orde te bewaren. Met een effen gezicht lieten ze de drukte langs zich heen glijden. Je zag dat het voor hen geen verschil maakte, een missiepost in de groene hel van Afrika, met zoemende malariamuggen en leeuwengebrul in het kreupelhout, of de jungle van onze school.

De anarchie was het ergst bij Den Doolaard, die biologie gaf. De oude, lange pater, gekleed in een donker kostuum met een bescheiden gouden kruisje op de revers gespeld, stak met zijn hoofd in een andere wereld. Als we zijn lokaal binnenkwamen, stond 'de giraf' door de vuile ruiten de steppe af te turen. Het was bekend dat hij geen enkele poging deed de discipline te handhaven als hij in de hele klas één leerling kon vinden die de indruk wekte naar zijn verhaal te luisteren. Vanaf de eerste les was ik dat. Terwijl rondom de chaos uitbrak, gaf hij me privéles over de hoofden van de anderen heen. Ik wist niets beters te verzinnen dan begrijpend te knikken, wat hij natuurlijk als een aanmoediging opvatte. Omdat ik hem steeds moeilijker kon verstaan, schoof hij telkens in mijn richting op, totdat hij pal voor mijn tafeltje de werking van de microscoop stond uit te leggen (een instrument dat ik probleemloos bediende sinds ik het voor mijn tiende verjaardag cadeau had gekregen). Halverwege de les kwam een leraar uit een naburig lokaal, die door de herrie zelf geen les meer kon geven, onze klas streng toespreken, waarbij hij zorgvuldig vermeed Den Doolaards blik te kruisen. Nadat de rust was weergekeerd, vervolgde de pater, met de microscoop in zijn grote, bleke, slappe hand, zijn verhaal voor het schoolbord, de aangewezen plek voor een docent; maar hij zag zich door het opkomende geroezemoes algauw weer gedwongen mijn kant op te schuifelen.

Terwijl de paters een herkenbare groep vormden – donkere pakken, onverstoorbaar, hopeloos voor de klas – waren de andere leraren heel verschillend. Aardrijkskunde kregen we van een jonge docent met trillende handen die zelf nog op de universiteit zat, zoals hij meteen de eerste les bekende. Voor geschiedenis hadden we een grapjas om wie niemand lachte; de strenge wiskundeleraar oogstte juist respect. We hadden in de brugklas maar één vrouwelijke docent, die tekenen en handvaardigheid gaf. Ze was een knappe vrouw – lang blond haar, een gezicht met zachte trekken –, maar ze had ook iets afwezigs, iets vaags, ze was mistig als een waterverfschilderij; ik had altijd het idee dat ze net uit bed kwam.

Mijn favoriet was De Rooy, die Frans gaf. Hij was een stuk jonger dan de gemiddelde leraar op onze school, maar kleedde zich conservatief: we zagen hem nooit zonder stropdas. In zijn manier van lesgeven was hij echter heel modern. Hoe dom het antwoord op een door hem gestelde vraag ook was – 'fout' kwam nooit over zijn lippen. Hij zei liever: 'Origineel gevonden! Bijna goed.'

Hij bewaarde zijn geduld, ook nadat dezelfde leerling een tweede en derde onjuist antwoord had gegeven: 'Ik weet het zeker, het ligt nu op het puntje van je tong.'

Uiteindelijk, wanneer hij al zo veel aanwijzingen had gegeven dat het goede antwoord onvermijdelijk was geworden, overlaadde hij de domoor met complimenten: 'Goede bal!

Nette prik!' Om daar luchtig op te laten volgen: 'Zie je, zo moeilijk is dat niet...'

Bij De Rooy leerden we het onverwachte te verwachten. Hij kondigde een luistervaardigheidsoefening aan, maar in plaats daarvan klonk de scheurende gitaar van Plastic Bertrand uit de luidsprekers, de punkzanger die springend op een trampoline bij Toppop diepe indruk op ons had gemaakt. Halverwege het refrein drukte De Rooy op de stopknop, verwisselde onder luid protest de cassette, en sprak met een grafstem: 'Excercise deux...'

Toen hij op een vrijdagmiddag merkte dat we onze aandacht moeilijk bij de les konden houden, stapte hij plompverloren boven op zijn stoel en vervolgde met een stalen gezicht zijn uitleg van de grammatica; even later stapte hij over op zijn bureau; ten slotte reikte hij naar de zoldering en slingerde, tot onze stomme verbazing, als een aap aan de hanenbalken door het lokaal. Daarna sloeg hij het stof van zijn handen, trok zijn stropdas recht, constateerde tevreden dat we weer wakker waren, en ging verder met de les.

De Rooy was onze klassenleraar. Onder zijn leiding zouden we in november onze allereerste klassenfuif houden. Ik keek ernaar uit. Ik zag me Esthers hand al vasthouden.

Anna vertelde me dat er op klassenfuiven gedanst werd. Toen begon ik me zorgen te maken.

## 26

Begin oktober werden de Nobelprijzen toegekend. Als toekomstig winnaar volgde ik de berichtgeving daarover natuurlijk met bijzondere belangstelling. Het bevreemdde me dat het nieuws over de Nobelprijs voor biologie lang op zich liet wachten. Mijn vader vroeg zich af of die prijs eigenlijk wel bestond. Ik begon te lachen. Vanzelfsprekend! Er waren toch ook Nobelprijzen voor natuur- en scheikunde? Op mijn vaders advies keek ik in de Grote Oosthoek, en daaruit leerde ik dat de Nobelprijs voor biologie inderdaad helemaal niet bestond. Woedend klapte ik de encyclopedie dicht. Ik voelde me bestolen. Jaren van intensief onderzoek zou het me kosten om de raadselen van de vogeltrek definitief te ontsluieren, en dan zou de hoogste wetenschappelijke eer me onthouden worden!

Ik had mijn zinnen op de Nobelprijs gezet sinds ik in december vorig jaar de ceremoniële uitreiking ervan op het journaal had gezien. De in jacquet gehulde laureaten ontvingen uit handen van de Zweedse koning een medaille, een oorkonde en een astronomisch geldbedrag. Nu duidelijk was dat ik in een illusie had geloofd, kwam de toekomst me grauw voor. Bovendien had ik mijn moeder al beloofd dat ze bij de plechtigheid in Stockholm aanwezig mocht zijn, waarop ze had geantwoord haar nieuwe schoenen te zullen dragen.

Mijn twijfel of ik wel biologie moest gaan studeren, als je er dan toch geen Nobelprijs mee kon winnen, werd nog groter toen ik merkte dat ik geen kei in wiskunde was. Om biologie te studeren moest je eindexamen wiskunde doen. Op de basisschool had ik rekenen minder leuk dan taal gevonden, maar ik had er altijd negens voor gehaald, en ik had wiskunde in de brugklas met alle vertrouwen tegemoetgezien. Nu bleek echter dat ik niet boven de middelmaat uitkwam. De wiskundeleraar gaf veel schriftelijke overhoringen; de eerste keer haalde ik een acht, de tweede keer een zeven. Ik wist niet wat me overkwam.

Daar kwam bij dat biologie me eigenlijk tegenviel, en dat lag niet alleen aan Den Doolaard. Ook ons leerboek stelde teleur. We hadden een hoofdstuk over fotosynthese bij planten gelezen, en de schematische voorstelling van dit proces, met pijlen die naar gekleurde blokken verwezen, stond ver af van de veldbiologie die me aantrok. Een snelle inventarisatie wees uit dat er ook in de komende driehonderd bladzijden niet één havik voorkwam.

Op een avond zat Anna in de huiskamer hardop te lachen met een bibliotheekboek in handen. Op mijn vraag wat ze las, keerde ze me het omslag toe: *Kopstukken* van Godfried Bomans. Ik sloeg het open toen ze het even had weggelegd. Het eerste korte verhaal was het grappigste wat ik ooit gelezen had. Daarna werd het zelfs nog grappiger, en uiteindelijk moest ik met lezen stoppen omdat ik pijn in mijn zij kreeg van het lachen. Toen ik *Kopstukken* had uitgelezen, behoedzaam, in kleine doses, en Anna vroeg of er meer van zulke boeken bestonden, gaf ze me *Later is te laat* van Simon Carmiggelt. Om de korte verhalen van Carmiggelt, die columns werden genoemd, moest ik grinniken, en tegelijk hadden ze iets droevigs. Dat was een fijne combinatie, vond ik, en toen ik het boek uit had, ging ik zelf naar de volwassenenafdeling van de bibliotheek, waar ik een onafzienbare rij verzamelbundels van Carmiggelt aantrof, een overvloed die voor mij niets geruststellends had maar me aanzette tot bezeten, koortsachtig lezen, net als toen ik de reeksen van *Arendsoog* en *Bas Banning* ontdekt had.

Ik ging op auteursnamen letten. Die zeiden me vroeger niets: ik was niet in F.W. Dixon, maar in *De Hardy's* geïnteresseerd. Over de herkomst van verhalen had ik nooit nagedacht; ik had een vaag idee dat ze kant en klaar in de lucht rondfladderden, als vlinders, en dat de auteur alleen maar degene was die ze had gevangen en opgeprikt. Nu ik op de volwassenenafdeling van de bibliotheek rondliep, besefte ik dat zich achter ieder boek een schrijver bevond, iemand die aan zijn bureau was gaan zitten en handenwrijvend had gezegd: 'Wat zullen we vandaag weer eens verzinnen?' Godfried Bomans rookte daarbij een pijp, zoals de foto op de achterflap van *Kopstukken* liet zien. Dus zo zag een schrijver eruit. Hij droeg een zware bril, net als ik. En Simon Carmiggelt had ook een bril op.

Terwijl mijn wetenschappelijke boek over de havik nooit echt op gang was gekomen, begon ik nu vlot een schoolschrift met zelfbedachte verhalen te vullen. Veel daarvan speelden zich, net als bij Carmiggelt, in cafés af. Dat ik nooit een voet in een café had gezet, leek me geen bezwaar. Na het overlezen van een verhaal waarin ik onze leraren portretteerde en hun eigenaardigheden op de manier van Bomans overdreef, kon ik tot geen ander oordeel komen dan dat het verpletterend goed was, en ik begreep dat ik een gouden kans in handen had om weer bij Esther in de gunst te komen. Meteen de volgende dag klampte ik haar in een schoolgang aan en droeg het stuk met trillende stem voor.

Ik had mijn schooltas tussen mijn voeten gezet en hield mijn schrift met beide handen stevig vast, want er stroomden leerlingen langs en ik werd ruw aangestoten; ook Esther moest zich schrap zetten. Ondanks de vonkenregen van een langs mijn mouw schampende sigaret las ik dapper tot het einde door. Toen keek ik Esther aan. Ze beloonde mijn voordracht met een ontredderde blik, waarna ze zonder een woord te zeggen verdween.

Ik borg mijn schrift haastig in mijn tas en concludeerde dat ze het heel goed of heel slecht vond.

## 27

Mijn nieuwe vriend Pieter had drie oudere broers, die zo intellectueel waren dat ze boeken van hun zakgeld kochten.

'Met hoeveel man waren de drie musketiers?' vroeg Pieter.

'Met hoeveel man? Drie natuurlijk,' zei ik.

'Met vier. Dat is de paradox.'

Die drie oudere broers gaven hem een geweldige voorsprong. Alleen al het pronkjuweel van een woord als paradox...

We waren inmiddels onafscheidelijk. Sinds hij Oscar met zijn passer had bedreigd zaten we iedere les naast elkaar, tijdens de pauzes waren we onafgebroken in gesprek gewikkeld, en na schooltijd stonden we voor mijn huis, hangend over onze fietsen, minstens een halfuur na te praten voordat Pieter verder reed. Hij had nog acht kilometer te gaan tot het boerengehucht Beukeloo. Dat hij afkomstig was van een vlek op de kaart kon je horen aan zijn tongval; vergeleken daarbij klonk mijn lichte streekaccent bijna deftig. Wanneer hij in de klas een beurt kreeg, deed hij zijn best Algemeen Beschaafd Nederlands te spreken, net als tijdens het toneeloptreden waarmee hij zo'n indruk op me had gemaakt, maar wanneer er geen publiek was, verviel hij gemakkelijk in dialect. Tom Nooijen probeerde hem te pesten met zijn woonplaats. Hij vroeg: 'Waarom staat Beukeloo altijd onder water?' en gaf zelf het zegevierende antwoord: 'Omdat het een gat is!'

Met een stalen gezicht zei Pieter: 'Beukeloo is een metropool. Weet jij wat een metropool is?'

Natuurlijk wist Tom niet wat een metropool was.

'Een metropool is een wereldstad. New York bijvoorbeeld. En zoals de mensheid over New York spreekt' – Pieter liet een theatrale pauze vallen – 'zo spreken de varkens over Beukeloo.'

De klas begon te lachen. 'Jaja,' zei Tom zwakjes.

Mijn vriend wist aanvallen uitstekend te pareren. Maar het was wel een feit dat hij met de dag verstaanbaarder ging praten.

Toen ik op een woensdagmiddag het huis binnenkwam vroeg mijn moeder wie die jongen was van wie ik maar geen afscheid had kunnen nemen. 'Waarom vraag je hem de volgende keer niet binnen? Straks vat je nog kou.'

De volgende dag betrad Pieter met enig ontzag ons huis. In de achterkamer wees ik door het raam en zei op de achteloze toon van de grootgrondbezitter: 'Zover je kunt kijken, is het van ons.'

Zijn antwoord ging verloren in het gehijg van Orlov, die lucht van een bezoeker had gekregen en de kamer binnen stormde nadat hij met een daverende dreun van zijn kop de op een kier staande deur had opengestoten. Hij sprong tegen Pieter op en rukte spelenderwijs een knoop van zijn jas. Het was volkomen onschuldig, die knoop moest al los hebben gezeten, maar Pieter was geen honden gewend – geen grote, onopgevoede, in elk geval – en ik kon hem niet van het idee afbrengen dat Orlov hem naar de keel was gevlogen. Ik nam hem vlug mee de trap op.

Toen mijn moeder van haar werk was thuisgekomen, bracht ze een dienblad met thee mijn kamer binnen. Pieter sprong meteen overeind – ik zag dat ze deze beleefdheid waardeerde – en stelde zich tot mijn verbazing voor in een Nederlands waar iedere agrarische intonatie uitgewied was; mijn moeder dacht waarschijnlijk dat hij in Haarlem geboren en getogen was, en pas gisteren naar onze bescheiden regio was afgedaald. Hij moest dag en nacht op zijn uitspraak geoefend hebben.

Vandaag waren we wat sneller door onze gespreksstof heen dan gewoonlijk. Ik stelde voor een spelletje te doen, stratego bijvoorbeeld. Pieter vroeg of ik kon schaken. Natuurlijk kon ik schaken. Ik verraste hem door zijn dame met een pion te slaan. Hij begon te lachen: 'Een pion slaat niet naar achteren, je bent in de war met dammen!' Nadat Pieter me de regels had uitgelegd versloeg hij me, opdat alles goed zou beklijven, driemaal op rij.

Pieter was al een paar keer bij mij thuis geweest toen hij vroeg of ik ook eens bij hem op bezoek kwam. Dat was precies waar ik bang voor was geweest. Ik vroeg mijn ouders toestemming op zaterdagmiddag naar Beukeloo te fietsen, maar kreeg die niet meteen. 'Dat is acht kilometer. En dat helemaal in je eentje?' zei mijn moeder.

'Pieter doet het iedere dag,' zei ik.

'Die is het gewend, dan is het wat anders.'

Het was mijn geluk dat het fietspad tussen Driekerken en Beukeloo niet door onheilspellende bossen kronkelde, maar open en bloot langs de drukke autoweg lag. Ik moest lang aandringen, maar toen verklaarde mijn vader zich zuchtend bereid het parcours te verkennen, en op een zondag fietsten we samen in zuidoostelijke richting.

Beukeloo was lelijker dan de naam deed vermoeden. We zagen geen boomgaarden of koeien in de wei, maar een kaal, modderig landschap met de uitgestrekte schuren van het ene varkensbedrijf na het andere, afgewisseld met een enkele cham-pignonkwekerij. Herberg De Hoeve, de zaak van Pieters vader, stond aan de rand van het dorp. Mijn vader minderde al vaart.

'Doorfietsen,' siste ik, want de gedachte dat Pieter toevallig uit het raam zou kijken en mij met mijn escorte zien naderen, was ondraaglijk.

Met een spottend gezicht trapte mijn vader door. We reden verder totdat de mestgeur die over het gehucht hing ons de adem afsneed. Bij thuiskomst verklaarde mijn vader de route veilig – mits op klaarlichte dag afgelegd –, mijn moeder staakte haar verzet, en de zaterdag daarop fietste ik voor de eerste keer in mijn eentje naar Beukeloo. Hoewel ik er om diplomatieke redenen achteloos over had gedaan, vond ik het toch wel een enerverende onderneming, en opgelucht zag ik de herberg opdoemen, die in een oude boerderij gevestigd was, met een rood pannendak, groene vensterluiken en een gepleisterde, grotendeels met klimop overwoekerde gevel.

Ik vroeg me af hoe ik binnen moest komen, want het leek me voor een twaalfjarige uitgesloten zomaar over de drempel van een café te stappen. Ik zette mijn fiets weg en liep naar de zijgevel, waar een deur met een ouderwetse trekbel en een brievenbus was. Nadat ik vier keer gebeld en een eeuwigheid gewacht had, werd de deur geopend door een man met een ietwat rood aangelopen, verbaasd gezicht. Hij droeg een zwart gilet, een zwarte stropdas waarvan de punt onder de band van een lang, wit voorschoot verdween, en een wit overhemd met opgerolde mouwen, zodat zijn vlezige onderarmen zichtbaar waren. Ik zei dat ik voor Pieter kwam. Hij zei dat ik achterom moest lopen.

Achter het huis lag een erf met een kleine moestuin en een oude waterpomp. Ik hield halt bij wat vermoedelijk de keukendeur was, en trommelde daarop. Opnieuw duurde het lang voordat er een verwonderd gezicht verscheen, ditmaal dat van Pieter zelf. Hij legde me uit dat er nooit iemand aan de voordeur kwam, zelfs de postbode liep achterom, en dat kloppen op de keukendeur volkomen overbodig was; het was de bedoeling dat je 'volk!' roepend gewoon binnenliep.

Via de keuken kwamen we in de huiskamer, waar Pieters moeder en grootmoeder zaten, de eerste bezig met aardappelen schillen en de tweede met het breien van een trui. Deze rustige, huiselijke bezigheden, die ze onderbraken om mij de hand te schudden, werden begeleid door dissonante klanken en verwarde kreten, afkomstig uit een luidspreker vlak bij hun oor. In een hoek van de kamer, gezeten naast een stereotoren, ontdekte ik Pieters oudste broer. Ik kende hem van gezicht, want hij zat in de hoogste klas van onze school en Pieter had hem een keer in de aula aangewezen. Met een moeilijk te peilen gezichtsuitdrukking bekeek hij de hoes van een plaat die hij kennelijk net op de pick-up had gelegd. Hij droeg een nauwsluitende rode broek, leren laarzen, een gebloemd overhemd en een zwartfluwelen jasje. Zijn haren reikten tot zijn schouders en ondanks zijn jeugdige leeftijd had hij een snor en baard, wat hem naar mijn mening zeer goed stond. Op een bemoedigend knikje van Pieter deed ik enkele eerbiedige passen in zijn richting. Hij keek op en reikte me de hand. Zijn naam ging verloren in de chaos uit de luidsprekers, maar ik wist al dat hij Casper heette. De punt van zijn laars wipte mee op het ritme van de muziek, wat niet eenvoudig kon zijn omdat de bandleden allemaal in een verschillende maatsoort leken te spelen, ook in een verschillende toonsoort trouwens.

'Goede muziek,' zei ik.

Casper streek over zijn snor en keek me peinzend aan.

'Wie zijn het?'

Hij mompelde iets.

Ik zocht naar een intelligente opmerking en omdat zich op dat moment een stormachtig applaus bij het kabaal voegde, zei ik: 'Het is zeker live?'

Casper draaide de volumeknop abrupt dicht en vroeg van welke muziek ik hield. In de daaropvolgende stilte, slechts onderbroken door de plons van een aardappel in een pan met water, dacht ik koortsachtig na. Anna had een paar elpees van ABBA waar ik graag naar luisterde, maar daarmee zou ik vast geen hoge ogen gooien. Toen schoot me een Engelse zangeres te binnen die in opkomst was, Kate Bush. Er stond een kleurenfoto van haar in mijn schoolagenda, waarop ze een diep uitgesneden jurk droeg die de aanzet van haar borsten onbedekt liet – ik schaamde me voor de gretigheid waarmee ik die welvingen bestudeerde. Ik vond het vreemd dat zo'n foto in een agenda voor scholieren stond, dat je er als twaalf-jarige jongen naar kon kijken zonder je voor een rechtbank te moeten verantwoorden.

Kate Bush was vaak bij Toppop te bewonderen geweest. Een bleke vrouw met lange rode haren, in het bezit van een ijle stem, een sprookjesachtig wezen, gekleed in een fijnmazig gewaad dat haar als een wolk omhulde, geneigd tot het maken van balletsprongen en weidse armgebaren alsof ze wilde weg-vliegen… Dit alles had op mij zo'n overweldigend artistieke indruk gemaakt dat ik gedecideerd antwoordde: 'Kate Bush.'

Casper deed zijn best me niet in mijn gezicht uit te lachen. Zijn mond vertrok in een grimas van afgrijzen, maar hij her-stelde zich door in zijn baard te krabben en gromde slechts: 'Commercieel.'

Pieter en ik verlieten de huiskamer. Via een halletje, dat uit-kwam op de voordeur waar nooit iemand aanbelde, kwamen we op een steile trap. Toen ik die opging, hoorde ik schuin onder me ketsende biljartballen en geroezemoes; daar moest de gelagkamer zijn. Een telefoon rinkelde. Iemand riep: 'Als het mijn vrouw is, ik ben er niet!' en er werd luid gelachen.

Pieters kamer was klein en donker en werd grotendeels in beslag genomen door een stapelbed, want hij sliep er samen met zijn twee jaar oudere broer Ronald. Die bleek aanwezig. Hij lag, als een matroos in zijn kooi, op zijn rug op het bo-venste bed te lezen bij het licht van een wandlampje. Bij onze binnenkomst liet hij het opengeslagen boek even op zijn borst rusten (opmerkzaam op auteursnamen als ik sinds kort was, registreerde ik 'J.M.A. Biesheuvel') en liet zijn arm naar beneden bungelen, om hem, nadat ik het uiteinde ervan geschud had, weer binnenboord te halen.

'We kunnen in de kamer van Casper en Michiel gaan zitten,' zei Pieter. 'Michiel heeft op zaterdag schilderles.'

Ook in de kamer van de oudste twee broers stond een stapelbed, maar de ruimte was een stuk groter. Onze voetstappen werden gedempt door een Perzisch tapijt. Er hing een geur van wierook. In het midden van de kamer stonden twee fauteuils tegenover elkaar opgesteld, en in een daarvan rustte een elektrische gitaar, zijn hals gesteund door een armleuning en met de brede zwartleren schouderband afhangend van de zitting. De kast van het instrument ving het door Pieter aangeknipte licht (want ook hier was het overdag schemerig, we bevonden ons onder het schuine dak van de oude hoeve) en weerkaatste het in een gouden en vlammend rode stralenbundel. Het was de eerste elektrische gitaar die ik in het echt zag. Van zijn explosieve kracht getuigde een zwart snoer dat als een lont door de kamer liep en naar een grote versterker met goudkleurige knoppen leidde.

Ik slikte. 'Van wie is die?'

'Van Casper,' antwoordde Pieter. Hij pakte de gitaar met twee handen op – hij scheen zwaar te zijn – en droeg hem naar een gitaarstandaard naast de versterker, waar hij hem behoedzaam in plaatste, als een relikwie in een tabernakel.

Aan de wand boven de gitaar hing een plakkaat met wat mijn ouders schamper 'moderne kunst' genoemd zouden hebben: een blauwe driehoek en een zwarte rechthoek op een lichte ondergrond.

'Malevitsj,' zei Pieter.

Ik boog voorover om de kleine lettertjes in de rechterbenedenhoek te lezen: 'Kasimir Malevitsj, *Blauwe driehoek en zwarte rechthoek*, omstreeks 1915, Stedelijk Museum Amsterdam.' De logica van de titel deed me glimlachen.

'Die behoort tot de Russische avant-garde,' zei Pieter met hoorbare trots.

Aan de andere kant van de kamer stonden een smalle boekenkast en een tafel met, naast enkele schoolboeken, een boekje dat de titel *Het innerlijk behang* droeg. Ik sloeg het open en las:

> de kaartjes zijn verkocht
> de koffers zijn ingestapt
> ik ben gebleven

'Hans Lodeizen,' hoorde ik Pieter zeggen, 'een voorloper van de Vijftigers.'

Ik had niet gevraagd wat avant-garde was, maar vroeg nu wel wie de Vijftigers waren. Pieter moest bekennen dat hij geen idee had. Wel was zeker dat Hans Lodeizen er een voorloper van was.

Op mijn voorstel een partijtje te schaken schoof Pieter de fauteuils dichter bij elkaar en zette er een laag tafeltje tussen, waarop hij het schaakbord plaatste. Nadat ik hem drie opeenvolgende nederlagen had toegebracht, kreeg ik medelijden met hem en verklapte dat ik een schaakboek bij de bibliotheek had geleend. Zijn vertwijfelde gezicht klaarde op. Ik zag hem denken dat het dus niet mijn intelligentie was die hem overvleugelde, maar mijn oefening in het spel. Evengoed trilden zijn handen van emotie, toen hij de stukken in hun houten kistje opborg.

Rond vijf uur (ik wilde absoluut niet te laat thuiskomen) gingen we de trap af. Zo te horen was de temperatuur in de gelagkamer ondertussen opgelopen: opgewonden mannenstemmen klonken door elkaar en er werd bulderend gelachen. In de huiskamer, waar de volumeknop van de muziekinstallatie verder open was gedraaid, keek Casper niet op; hij was verdiept in de krant en zijn baard. Pieters moeder zat ondanks de oorverdovende toonexperimenten te dutten. Zijn grootmoeder hield met een vragende blik haar breiwerk omhoog. Ik knikte goedkeurend.

Op de terugweg, trappend tegen de wind in, met de mestgeur van de varkensboerderijen in mijn neus, zei ik: 'Avantgarde... avant-garde...'

Vanavond zou ik het opzoeken in het woordenboek, en aan mijn lijstje met moeilijke woorden toevoegen, onder 'paradox' en 'metropool'.

# 28

Beneden maakten mijn ouders ruzie. Na oma's overlijden was het een tijdje wat beter tussen hen gegaan, maar de laatste dagen was het weer hopeloos. Inmiddels was het oktober. Gisteravond, toen ik in mijn kamer mijn huiswerk maakte, had ik het gegak van ganzen gehoord. Ik was opgesprongen, had het gordijn weggetrokken, het raam geopend en mijn hoofd naar buiten gestoken. In het donker zag ik ze niet, maar de ganzen moesten laag overvliegen, want behalve hun nasale roep hoorde ik het fluitend geluid van hun vleugelpennen. De gedachte aan de duizenden kilometers die ze in groepsformatie hadden afgelegd of nog zouden afleggen, ontroerde me. Het laatste wat ik hoorde was een soort getrompetter van een paar ganzen die achterop waren geraakt; de opwinding van de reis klonk erin door.

De geluiden die me nu bereikten hoorde ik minder graag. Af en toe riep mijn moeder: 'Stil toch… denk een beetje aan de kinderen.' Ik zat me net af te vragen of ik Charlotte moest gaan troosten, toen er op mijn deur geklopt werd.

'Binnen! Goed dat je er bent, want volgens mij is het de hoogste tijd voor een proefwerk.'

Ik schoof mijn schoolboeken opzij, legde pen en papier klaar en stond op zodat mijn zusje mijn plaats aan het bureau kon innemen. Haar gezicht zag er behuild uit, maar haar verdriet verhinderde haar niet een klein beetje misbruik van de situatie te maken en ze vroeg met een dun stemmetje of ze mijn vierkleurenbalpen mocht gebruiken. Ik vond het goed.

Terwijl ze de pen uit het pennenbakje nam, snikte ze nog wat na. Om vragen te bedenken bladerde ik in mijn vogelgids. Bij de ransuil gekomen kreeg ik een ingeving: een strikvraag, daar was Charlotte altijd van gecharmeerd. Ik hield haar de afbeelding van de ransuil met zijn opvallende oorpluimen voor en vroeg achteloos: 'Zou je zijn oren even willen aanwijzen?'

Charlottes gezicht klaarde al een beetje op. 'Dit zijn alleen maar zijn oorpluimen,' zei ze, 'zijn echte oren zitten ongeveer hier.'

'Heel slim. Daar trapte je niet in.'

Een paar bladzijden verder trof ik de boerenzwaluw aan. 'Is de boerenzwaluw een standvogel of een trekvogel?' vroeg ik.

'Een trekvogel natuurlijk!'

'Wanneer verlaat hij ons land?'

'Rond oktober.'

'En wanneer komt hij weer terug?'

'Eind maart, begin april.'

'Heel goed, heel goed,' mompelde ik.

'Waarom eigenlijk?' vroeg Charlotte.

'Waarom wat?'

'Waarom komt hij terug?'

Ik klemde mijn lippen op elkaar. Ik was sprakeloos. Niet alleen wist ik het antwoord niet, maar de vraag was zelfs nooit bij me opgekomen. Ik, voormalig toekomstig Nobelprijswinnaar, had me nooit afgevraagd waarom vogels die eenmaal de noordelijke herfst hadden verruild voor het aangename klimaat van zuidelijker streken, niet gewoon daar bleven. Waarom in de lente al die moeite doen om weer terug te vliegen?

'Nou, als ze allemaal in het zuiden zouden blijven, dan eh... dan zou het voedsel daar op raken natuurlijk,' zei ik luchtig.

Ik zag dat Charlotte mijn aarzeling had opgemerkt. Haar grote, bruine ogen stonden even goedmoedig als altijd, maar daarachter was iets gaande: ze zat te broeden op de theoretische mogelijkheid dat haar grote broer niet alles over vogels wist. Haar donkerblonde, in het midden gescheiden haar viel op haar schouders. Ze was de knapste van ons drieën, knapper dan Anna, die iets magerder was, en zeker knapper dan ik. De hele familie was het erover eens dat Charlotte een heel mooi meisje was… en heel verlegen.

De huiskamerdeur ging open, de ruziënde stemmen stegen op in het trappenhuis. (Ik stelde me voor hoe Anna, die ongetwijfeld op de overloop stond te luisteren, zich vlug in haar kamer terugtrok.) Mijn vader stond al in de hal. 'Ik ben weg!'

'Je doet maar!'

'Ik ben weg!' herhaalde hij.

'Vergeet je jas niet!' riep mijn moeder hatelijk.

'En deze keer kom ik niet terug!' Die laatste woorden klonken triomfantelijk, en ze bleven in huis hangen nadat mijn vader in de garage verdwenen was.

Charlotte keek me met grote ogen aan.

'Hij komt heus wel terug,' zei ik.

We luisterden naar de geluiden die vanuit de garage tot ons doordrongen. De woedende motor klonk eerst dof, opgesloten binnen de muren, toen bevrijd in de buitenlucht, en stierf even later weg.

Charlotte en ik waren niet van onze plaatsen gekomen.

'Hij komt heus wel terug,' zei ik opnieuw.

Ik bedacht nog een paar vogelvragen, die Charlotte foutloos beantwoordde.

Hij bleef wat langer weg dan anders, maar ondanks zijn dreigement kwam mijn vader ook ditmaal weer gewoon naar huis. Mijn moeder ontving hem met minachtend zwijgen. Ook hij zei geen woord. Hij verschool zich achter de krant, die hij af en toe liet zakken om een woedende blik de huiskamer te laten rondgaan – woedend, leek me, niet alleen op mijn moeder, maar ook op ons.

# 29

Na school zat ik op mijn kamer voor een wiskundeproef- werk te leren. Ik maakte mijn oefenopgaven met tegen- zin, en dat was nieuw voor mij, want ik had altijd snel en met plezier geleerd. Het was alsof mijn hersenen in verzet kwamen als ik ze dwong zich met wiskunde bezig te houden. Al na drie opgaven liep ik voor de afleiding even naar de slaapkamer van mijn ouders, om over ons bos uit te kijken.

Een merelmannetje zat in een opvallende houding op de grens van het terras en het bos: onbeweeglijk, ineengedoken alsof het regende. Ik keerde naar mijn kamer terug. Twee op- gaven later ging ik opnieuw naar de merel kijken, die nog in precies dezelfde houding zat. Ik liep naar beneden, trok mijn jas aan, opende de keukendeur, waarbij ik Orlov tot zijn verontwaardiging met mijn knie tegenhield, en ging het ter- ras op. De merel liet zich tot op een meter naderen – dat was al ongewoon – en hinkte toen een klein stukje weg, met een over de grond slepende, zichtbaar beschadigde rechtervleugel. 'Rustig maar, rustig maar,' zei ik zachtjes, en hurkte neer. De vogel keek me met een zwart, oranje omrand oog waakzaam aan, maar hij leek niet erg bang voor mij, het was alsof hij mijn goede bedoelingen begreep. Ik zag hem zwaar ademen. Hij voelde zich ellendig.

Sommige mensen zeiden dat dieren geen gevoel hadden. Als je met Orlov omging wist je wel beter. En een merel was misschien minder fijngevoelig dan een hond, maar als je deze vogel, die helemaal op beweging was ingesteld, zo stil zag zitten, kon je alleen maar concluderen dat het vreselijk veel pijn deed wanneer hij zich verroerde. De gehavende vleugel was rafelig, er ontbraken enkele slagpennen; de merel was dus niet tegen een ruit gebotst. Was hij aan een kat ontsnapt?

Of aan een havik?

Het heldere oog van de merel was voortdurend op me gericht. Toen ik overeind kwam, probeerde hij fladderend en hinkend weg te komen. Met een snelle beweging greep ik hem. Hij slaakte een kreet en pikte naar mijn vingers. Het was een reflex, hij deed me nauwelijks pijn. Hij vond dat hij daarmee genoeg verzet had geboden om zich met goed fatsoen te kunnen overgeven en trok zijn kop berustend tussen zijn schouders. Zijn geringe gewicht en de duidelijk merkbare hartenklop tegen mijn vingers verrasten me.

Het was een geluk dat ik hem eerder had gezien dan Orlov, want die joeg op vogels alsof hij een kat was en kreeg geregeld een houtduif te pakken, die het dan niet kon navertellen. Ik riep Charlotte en vroeg haar de deur van de bijkeuken te openen, zodat ik mijn onfortuinlijke merel de aanblik van een likkebaardende hond kon besparen. Charlotte zocht een schoenendoos, legde er voor de vering een paar oude kranten in en prikte luchtgaten in het deksel. Nadat we de vogel hadden verzekerd dat zijn donkere opsluiting niet lang zou duren, deden we het deksel op de doos.

Het was woensdagmiddag, mijn moeder kwam vroeg uit school. Ik legde haar de noodsituatie uit en zij belde de dierenarts, die adviseerde de patiënt naar het vogelopvangcentrum te brengen. Nadat mijn moeder met het opvangcentrum had gebeld, zei ze: 'We gaan meteen, en dan doen we boodschappen op de terugweg.' Ik ging op de achterbank van de DAF zitten en nam de schoenendoos op schoot. Charlotte ging ook mee.

In tegenstelling tot mijn vader was mijn moeder een nerveuze automobilist, die ogen tekortkwam om het verkeer in de gaten te houden, telkens naar voren veerde, waarbij ze haar kin bijna op het stuur legde, en op de pedalen trapte alsof ze kerkorgel speelde. Ik zette me schrap, bracht mijn hoofd dicht bij de doos, en fluisterde een excuus.

Het opvangcentrum bevond zich aan de rand van het dorp. 'Ga maar, wij blijven hier wachten,' zei mijn moeder. 'Beterschap,' riep Charlotte ons na. Ik belde aan bij de poort, en uit een stenen gebouwtje kwam een man in een blauwe overal, die op zijn gemak naar me toe liep.

'Ik kom met de merel, we hebben gebeld,' zei ik.

De man opende de poort. In het spoor van zijn rubberlaarzen liep ik over een pad met manshoge volières aan weerszijden. In een ervan stond een kolgans met langgerekte hals op wacht en sloeg plichtmatig alarm. Een fuut woelde futloos met zijn snavel door plantenmateriaal dat in een teiltje water dreef. We gingen het gebouwtje binnen. Een zijde werd in beslag genomen door de deur en een vuil raam dat getemperd licht binnenliet, een tweede door een aanrecht met een gootsteen, langs een derde stond een versleten bank, en de overblijvende wand ging geheel schuil achter op elkaar gestapelde vogelkooien van uiteenlopend formaat. De meeste kooien waren gevuld met zangvogels die op hun stokjes heen en weer wipten. Eén kooi was afgedekt met een blauw-wit geruite theedoek.

'Laat maar eens zien wat je hebt,' zei de man.

Ik haalde voorzichtig het deksel van de doos en de man pakte de merel eruit. Terwijl ik vertelde hoe ik hem had aangetroffen, nam de man hem in één hand en onderzocht hem met de andere.

'Er ontbreken een paar staartpennen,' zei hij. Dat had ik nog niet gezien. Toen hij de gewonde vleugel uitspreidde, vertrok ik onwillekeurig mijn mond alsof het mijn eigen vleugel was. 'En een paar slagpennen.' Onbarmhartig strekte hij het kreupele pootje; toen hij het losliet, trok de merel het meteen weer in, de lange, dunne tenen gekromd. 'Ik denk dat een kat of een roofvogel hem te pakken heeft genomen.'

'Dat denk ik ook,' zei ik.

De man keek me aan. Hij was al op leeftijd, zijn ogen waren waterig en ik zag grijze stoppels op zijn kaken. Er hing een sigarenlucht om hem heen.

'Een pootje kunnen we spalken,' zei hij, 'maar als de vleugel gebroken is…'

'Wat dan?' vroeg ik.

Hij bedacht zich. 'Het komt wel goed. We nemen hem in observatie. Kun je die doos missen? Dan zet ik hem daar voorlopig in.'

Ik vroeg hem even te wachten en streek met mijn wijsvinger voorzichtig over het zachte, zwarte kopje. De merel had me daarbij gemakkelijk kunnen pikken, maar hij deed het niet. 'Nou… veel sterkte,' zei ik.

Toen het deksel op de doos zat, vroeg ik de man, nu ik er toch was, of hij nog interessante vogels in huis had. Hij aarzelde.

'Eigenlijk mag ik dit niet doen…' Hij liep naar de tegen de muur gestapelde kooien en gebaarde dat ik hem moest volgen. Het werd me duidelijk dat er zich iets bijzonders achter de blauw-wit geruite theedoek bevond. Wij hadden thuis precies zulke theedoeken, je kreeg ze bij een spaarzegeltjesactie. 'Dit is tegen de regels,' zei de man zachtjes, en lichtte de theedoek op.

Een enorme zwarte pupil en een oranje iris. De blik die de havik me toewierp fonkelde van woede, alsof ik een lakei was die binnenkwam zonder kloppen. Onder de donkere mantel van zijn vleugels zette hij een machtige borst op, en met zijn haaksnavel en zware klauwen was hij een toonbeeld van kracht. Desondanks maakte mijn abrupte verschijnen hem kennelijk onrustig: hij spreidde zijn vleugels voorzover de kooi dat toeliet en verplaatste zijn poten, waarbij hij met een onbegrijpelijke onhandigheid naast de stok greep en zijn evenwicht verloor. Een van die dodelijke klauwen waarmee hij de schrik van de bossen was, schoot de diepte in en belandde op de rand van een margarinekuipje dat hem als drinkbakje diende – het kieperde om en water spatte op zijn broekveren. Hij begon wild te klapwieken en de man naast me liet snel de theedoek vallen. Het hele toneel had hooguit enkele seconden geduurd.

'Een havik…' zei ik.

'Een mannetje. We mogen hem eigenlijk niet storen.'

'Wat is er met hem aan de hand?'

Buiten naderden voetstappen, en bang betrapt te worden maakten we dat we bij de kooi vandaan kwamen. Toen de deur openging zei de man luid: 'Bedankt voor je zorgen. We nemen hem in observatie.'

Langs een in overal gestoken vrouw, die mij naar mijn idee argwanend opnam, verliet ik het gebouwtje. Onverschillig voor de vogels om me heen liep ik tussen de volières door. Ik had een havik gezien. Ik voelde geen enkele vreugde, blijkbaar moest mijn geluk nog tot me doordringen.

'En?' zei mijn moeder toen ik in de auto stapte.

'Ze nemen hem in observatie,' antwoordde ik.

'Hoe groot is de kans…' zei Charlotte.

'Dat ze hem kunnen genezen? Heel groot.'

Over de havik zweeg ik.

We kwamen bij de supermarkt. Mijn moeder en Charlotte laadden de boodschappen in en ik duwde het winkelwagentje. Het rechtervoorwieltje liep steeds vast, dat maakte het rijden door de gangpaden tot een beproeving.

'Is er iets?' vroeg Charlotte.

Ik antwoordde niet.

'Je kijkt zo…?'

'Hou toch op,' zuchtte ik.

'Zeg, wat is er met jou aan de hand?' vroeg mijn moeder scherp.

Ik snauwde: 'Je hebt een rotkarretje gepakt!'

Onder afschuwelijk geknars, met een bokkend, steigerend wagentje vervolgde ik mijn weg.

Toen we thuis waren pakte ik mijn vogelgids en bekeek de illustratie waar ik zo graag een potloodkruisje bij had gezet. Ik besefte dat ik geen enkele reden had om blij te zijn. De waarneming van een havik in een kooi telde niet. Maar het ergste was dat ik ook niet kon doen alsof ik géén havik had gezien. Als eindelijk de dag kwam dat ik hem langs een bosrand zag scheren, als ik hem met uitgespreide vleugels en staart op een tak zag landen, als ik hem scherp in het vizier van mijn verrekijker zou krijgen, enkele ademloze seconden lang, voordat hij tussen de dicht opeenstaande stammen verdween – dan zou dat niet echt mijn eerste havik zijn. Dan zou ik denken aan een stuntelige havik onder een geruite theedoek.

Met een klap sloeg ik de gids dicht.

Mijn levensgeluk was voorbij.

D e volgende dag leek het wiskundeproefwerk mee te vallen. Terug uit school belde ik het vogelopvangcentrum.
Eigenlijk hoorde ik mijn ouders toestemming te vragen voordat ik van de telefoon gebruikmaakte, maar daar had ik deze
keer geen zin in. Ik kreeg een vrouw aan de lijn.

'Ik heb gisteren een merel gebracht. Ik wilde even vragen
hoe het met hem gaat.'

'Een merel? O, die... eh... heeft het niet gered.'

'Was zijn vleugel gebroken?'

'Ja... ja... ik geloof het wel.'

Ik kon natuurlijk niet vragen hoe de havik het maakte, omdat ik hem officieel niet gezien had. Toen ik de hoorn neer-
legde, kwam Charlotte de huiskamer binnen.

'Heb je gebeld?' vroeg ze verbaasd.

'Ja. De merel is dood,' zei ik botweg. Toen ik de uitdrukking
op haar gezicht zag, voegde ik er snel aan toe: 'Maar hij heeft
niet geleden.'

Enkele dagen later trok onze wiskundeleraar een wenk-
brauw op toen hij mijn proefwerk teruggaf, waarover een
gloed van rode inkt lag die helemaal nieuw voor me was. Een
zes. Ik voelde dat ik een kleur kreeg. Terwijl ik deed alsof ik
de correcties aandachtig bestudeerde, zonder dat iets ervan
tot mijn hersenen doordrong, was ik me bewust van Pieters
aanwezigheid naast me. Hij had zoals gewoonlijk een snelle
blik op mijn blaadje geworpen toen het mij werd overhandigd,
ook hij moest verrast zijn door mijn cijfer, maar hij zweeg

tactvol en beperkte zich ertoe zijn eigen blaadje, waarop een negen prijkte, goed in mijn zicht te leggen.

In mijn hele leven had ik nog nooit een zes gehaald (ja, voor handenarbeid, maar dat telde niet). Tegen mijn vader zei ik er niets over. Wel tegen mijn moeder, die eerst verbaasd reageerde, maar al snel gerustgesteld was door mijn verklaring dat de gebeurtenis met de merel een deugdelijke voorbereiding op het proefwerk in de weg had gestaan. Zelf vond ik die verklaring minder bevredigend. Ik was slecht in wiskunde, dat was nu onomstotelijk gebleken. Of ik later biologie kon gaan studeren, was dus maar helemaal de vraag. En het was ook de vraag of ik dat eigenlijk nog wel wilde. Sinds mijn bezoek aan het vogelopvangcentrum was mijn verlangen ornitholoog te worden heel wat minder geworden. Ik vond weliswaar dat ik mijn aspiraties niet zo snel mocht opgeven, dat ik in zekere zin op het punt stond verraad te plegen aan de vogelwereld, maar het was een feit dat ik nu veel meer zin had in schrijven dan in vogels kijken.

Ik schreef een verhaal over een jongen die een gewonde merel naar een vogelasiel bracht en daar een havik zag. Na lang nadenken kwam ik op een titel die de vereiste dramatiek bevatte: 'De gekooide vogel'.

Daarop volgde een hele stroom korte verhalen.

Ik vatte nieuwe levensmoed.

De Nobelprijs kwam weer in zicht.

Mijn vader gaf me een bijna lege flacon van zijn vaste merk aftershave. Uit het flesje snoof ik een houtachtig aroma op dat ik niet direct in verband bracht met mijn vader, om wie altijd een geur van sigaretten hing. Ik besloot de resterende druppels te bewaren voor de naderende klassenfuif en ontleende aan dit kostbare bezit een heel klein beetje zelfvertrouwen. Op klassenfuiven werd 'los gedanst'. Daar had ik geen duidelijke voorstelling van. Bij Toppop had ik wel gezien dat jongeren rondom een optredende artiest slungelachtig van de ene voet op de andere wipten, maar dat was niet wat ik onder dansen verstond.

Het muzikale succes van het jaar was *Grease*, een film die ik niet gezien had, die me ook niet interesseerde, maar waarvan ik wel de fragmenten kende die Toppop tot vervelens toe had uitgezonden. Er was een nummer, 'Greased Lightning', waarin John Travolta met enkele monteurs op en rond een cabriolet in een autowerkplaats danste; herhaaldelijk maakten ze met gestrekte arm een gebaar alsof ze een passerende auto nawezen. Ik vond het een mooi gebaar, het uitvoeren ervan lag binnen mijn vermogens, en omdat het uit zo'n populaire film kwam kon het onmogelijk in de hedendaagse danspatronen ontbreken; ik oefende het voor de spiegel tot ik het perfect beheerste. Helemaal onvoorbereid was ik niet.

Op de vrijdagavond van de fuif parfumeerde ik me door met mijn wijsvinger enkele druppels uit het flesje achter mijn oren en in het kuiltje onder mijn hals aan te brengen, zoals ik mijn moeder had zien doen wanneer ze zich opmaakte. Ik hoefde me nog absoluut niet te scheren. Er was in de brugklas wel een jongen die een donker waas boven zijn lip had, maar dat kwam doordat hij Emilio Santa Cruz heette. Nadat ik nog snel mijn schoenen gepoetst had, bracht mijn vader me met de auto naar school.

Het was vreemd daar in het donker te arriveren. De enige verlichte vensters in het kloostergebouw waren die van het lokaal waar de fuif gehouden werd, naast de ingang. 'Denk erom, op tijd thuis,' zei mijn vader voordat hij wegreed.

Zijn plaats werd ingenomen door een donkere Mercedes, waaruit, in de lichtkring van een lantaarn, Esther stapte, smalletjes in een grijze jas, met haar lange haren niet in een paardenstaart, maar los. Ik meende een glimp van een militair uniform achter het stuur op te vangen. In plaats van Esther te groeten en op haar te wachten, draaide ik me om en ging snel naar binnen. Of het een fijne avond zou worden hing helemaal van haar af. Ik was als de dood voor een teleurstelling.

In het lokaal waren tafels en stoelen aan de kant geschoven en was het licht enigszins gedempt. Er hingen slingers en ballonnen. Pieter schoot op me af en vertelde dat hij had besloten Koningsgambiet te gaan spelen. Het Koningsgambiet was de opening voor de romantici onder de schakers, de geboren aanvalskunstenaars. Hij balde zijn vuisten. Aljechin had het vaak gespeeld. We gingen in een hoek zitten en keken naar de dansende meisjes. Alle jongens meden de dansvloer, met uitzondering van de heupwiegende Emilio Santa Cruz.

Na verloop van tijd kwam onze klassenleraar De Rooy, vanavond zonder jasje en zonder stropdas, ons tot de orde roepen: 'De dames hebben geklaagd dat de heren niet dansen. Kom op, jongens!' Hij gaf het goede voorbeeld en liet verrassend soepel – op de klanken van 'Greased Lightning' – zijn boven- en onderlichaam in tegengestelde richting draaien, waarbij hij zijn armen gebogen hield en diep door de knieën zakte. Het zag er grappig uit, als een skiër op de slalom. Tom Nooijen begon de bewegingen na te doen, en voegde er als persoonlijke noot de gestrekte arm aan toe waarmee John Travolta en zijn vrienden de denkbeeldige auto nawezen, precies het gebaar dat ik voor de spiegel geoefend had. De meisjes lachten. Dit was het moment om mee te doen, maar ik aarzelde nog.

Ik aarzelde te lang.

Mijn eerste klassenfuif dreigde op een ononderbroken gedachtewisseling met Pieter uit te lopen. We waren het erover eens dat je in het schaakspel niet eindeloos je stukken moest verschuiven, maar meteen ten strijde trekken, en dat een pionoffer in de tweede zet wel het minste was om je doodsverachting te etaleren. Zegevieren in een stormachtige stijl, dat vonden wij belangrijk; desnoods te gronde gaan, maar vooral niet op remise spelen. Ondertussen keken we vanuit ons hoekje naar de dansende meisjes, en sloegen de ene cola na de andere achterover.

Plotseling veranderde de sfeer. De Rooy had het licht tot een spannend halfduister getemperd en langzame muziek opgezet. Er hing iets in de lucht. Op de dansvloer hadden zich drie stelletjes gevormd die niet los dansten, maar dicht tegen elkaar aan.

Pieter stootte me aan. 'Er wordt geschuifeld.'

'Er wordt ge-wat?'

Hij knikte in de richting van de koppels, die in elkaars armen op de maat van de muziek deinden en hun voeten inderdaad nauwelijks optrokken. De rest van de brugklas aarzelde. Esthers blik kruiste de mijne. Dat was wat ik wilde, schuifelen met Esther! Jaloers keek ik naar Emilio Santa Cruz, die Larissa Manders in een stevige greep had; ze hield haar ogen gesloten.

Ik had niet de indruk dat deze manier van dansen, alsof je je staande hield op een schip bij flinke golfslag, veel techniek of een speciaal talent vergde. Je moest er alleen voor zorgen het meisje niet op de tenen te gaan staan, maar bovenal: je moest haar eerst vragen. Tot mijn ontzetting zag ik Tom Nooijen op Esther afstappen, ze knikte blij en liep met hem de dansvloer op. Even later stonden ze vlak voor mijn ogen te schuifelen. Ik staarde naar Toms hand, waarvan je zowel kon zeggen dat hij op Esthers onderrug, als op het begin van haar billen lag, en vond het een schande dat een brugklasser zoiets ongestraft kon doen. De Rooy had zich in een donker hoekje achter zijn draaitafel teruggetrokken.

Toen de muziek was afgelopen en Tom en Esther elkaar loslieten, rukte ik heroïsch op, liep Esther straal voorbij en hield halt bij Larissa Manders, die midden op de dansvloer op haar gemak haar lange blonde haren stond te schikken, nadat Emilio Santa Cruz zijn dorst was gaan lessen. Larissa stond bekend als het mooiste meisje van onze klas, een reputatie die naar mijn idee bepaalde verplichtingen met zich meebracht.

'Larissa, wil je met me dansen?' vroeg ik.

Larissa haalde een haarspeld tussen haar lippen vandaan en bevestigde hem met een klik op haar achterhoofd.

'Nee,' zei ze resoluut.

Terwijl ik de dansvloer verliet, zag ik Esther en Tom elkaar opnieuw vastpakken. Iedereen keek naar mij, dat wist ik zeker, en wie niet naar mij keek wendde zijn blik uit plaatsvervangende schaamte af. Ik ging weer naast Pieter zitten, die mijn fatale veldtocht met verbazing had gadegeslagen.

'Waarom loop je ook uitgerekend op Larissa af?' vroeg hij hoofdschuddend.

Ik keek op de oplichtende wijzerplaat van mijn horloge: kwart voor elf. De fuif duurde tot elf uur. Casper, Pieters oudste broer, zou ons komen ophalen. Wat mij betrof mocht hij nu meteen verschijnen.

Op het moment dat ik Esther op me af zag komen, had ik al voorgoed afscheid van de romantiek genomen, dus ik begreep niet wat ze kwam doen. Ze maakte een hoffelijke buiging en vroeg: 'Mag ik u uitnodigen?'

Verwonderd volgde ik haar de dansvloer op. De Rooy had 'Hopelessly devoted to you' op de draaitafel gelegd. Esther sloeg haar armen om me heen en ik deed hetzelfde bij haar. Ik was misschien een paar centimeter langer dan zij. Mijn neus bevond zich vlak bij haar donkerbruine, heerlijk ruikende haar, en ik moest me beheersen om er geen kus op te drukken.

'Je ruikt lekker,' zei ze. Van mijn oorlel had ze natuurlijk mijn vaders aftershave opgesnoven.

'Jij ook,' zei ik met gesmoorde stem.

Daarna wist ik niets meer te zeggen. Moest je iets zeggen tijdens het schuifelen? Ik ademde de geur van Esthers haar in en voelde de voorzichtige aanraking van haar lichaam, maar tegelijk was ik ergens anders, ik zweefde boven ons, onder de balken van het plafond, en daarvandaan keek ik verbaasd op ons neer.

Toen Olivia Newton-John zweeg, lieten we elkaar los en deden een klein stapje terug. Haar ogen glansden, en op dat moment wist ik met absolute zekerheid dat we elkaar op een dag, vroeg of laat, zouden kussen.

'Ik moet naar huis,' zei ze. 'Mijn vader haalt me op.'

Een glimlachje trok over haar gezicht. Toen was ze verdwenen.

Dolgelukkig wilde ik naar Pieter terugkeren, die nog altijd op zijn stoel zat, maar Marinka versperde me de weg en vroeg me ten dans. Zonder dik te zijn, was Marinka's lichaam veel ronder dan dat van Esther, het was het lichaam van een ouder meisje. Weigeren kwam niet in me op. Marinka drukte me vaster tegen zich aan dan Esther had gedaan. Haar lichaam was stevig en zacht tegelijk. Tegen mijn borst voelde ik een geheimzinnige druk.

'Laatste plaat,' riep De Rooij. 'Hierna gaan de lichten aan!'

Ik zonk weg in Marinka's innige omhelzing.

'Je ruikt lekker,' zei Marinka.

'Jij ook,' mompelde ik.

Toen de muziek afgelopen was en ik tegen het licht knipperde, vroeg Marinka of ik zin had morgen samen te gaan zwemmen.

Ik wist niet of samen zwemmen met een meisje verschilde van gewoon zwemmen. Om tijd te winnen vroeg ik: 'In het binnenbad zeker?'

Het was bijna december. Marinka knikte.

Ik hield niet echt van zwemmen. Zonder kleren voelde ik me ongemakkelijk, en zonder bril zag ik niets. Van Marinka in badpak zou ik dus ook niet veel wijzer worden.

'Ik heb morgen een judotoernooi,' loog ik.

Marinka leek het niet erg te vinden. 'Oké. Tot maandag,' zei ze onverschillig.

Toen Pieter en ik, weggedoken in onze jassen, op het donkere schoolplein Caspers komst stonden af te wachten, zei hij dat ik verliefd was op Esther, een suggestie die ik krachtig van de hand wees. 'Zo erg is dat toch niet,' grinnikte hij.

Casper, die net zijn rijbewijs had en iedere gelegenheid aangreep om in de auto van zijn vader te rijden, zette me thuis af.

'Was het leuk?' vroeg mijn moeder.

'Ging wel,' zei ik.

Hoewel ik mijn gebed gezegd had, kon ik weer eens niet in slaap komen. Ik dacht aan Esther, die verderop in de straat in bed lag, misschien ook wel klaarwakker. Misschien had zij het liedje van Olivia Newton-John ook in haar hoofd. Ik wist niet wat 'devoted' betekende, maar het leek me een manier om te zeggen dat je verliefd was. Ik beleefde onze behoedzame omhelzing opnieuw, maar kon me niet overgeven aan het opperste geluk dat daar hypothetisch in besloten lag, omdat Marinka's lichaam tussenbeide kwam, met de bijbehorende rondingen en het bijbehorende gevoel, een loom gevoel alsof ik werd opgetild en weggedragen.

'Marinka...' fluisterde ik.

## 32

V lak voor Sinterklaas bekende mijn vader tijdens het avondeten dat hij vergeten was voor wie hij een surprise moest
maken. Twee weken geleden hadden we lootjes getrokken.

Mijn moeder vroeg of hij het lootje had weggegooid.

'Natuurlijk. Als je het laat rondslingeren, wordt het vroeg
of laat tussen je spullen ontdekt.'

'Als je een lootje weggooit, moet je natuurlijk wel onthouden
wat erop stond.'

'Dat snap ik, maar nu ben ik het toevallig een keer vergeten.'

'Niet te geloven! Wie vergeet er nu…'

'Vergeten is een groot woord,' zei hij snel. 'Ik weet het nog
wel, ik weet het alleen niet honderd procent zeker.'

'Voor hoeveel procent dan wel?'

'Ik weet het voor negenennegentig procent zeker.'

'Nou,' zei mijn moeder, 'dan is er toch niets aan de hand?'

Mijn vader zweeg.

Toen sinterklaasavond was aangebroken, kreeg mijn vader
een mensenkop van papier-maché, naar zijn beeld geschapen,
op ware grootte, compleet met bril van ijzerdraad en donkere
woldraden waarin een keurige scheiding opzij gekamd was. We
begrepen meteen dat Charlotte de maker was, in de eerste plaats
omdat niemand anders zo veel moeite zou doen, en ook omdat
ze stralend toekeek hoe mijn vader de kop hanteerde. Hij moest
de schedel lichten om bij het gedicht en een klein pakje te komen.
Nadat hij het korte vers had voorgelezen, maakte hij het pakje
open en haalde fronsend een stropdas tevoorschijn. 'Wat is dit?'

'Een stropdas,' zei Charlotte, van haar stuk gebracht.

'Dat zie ik. Wat moet ik daarmee?'

Charlotte bleef het antwoord schuldig.

'Had ik dan geen aftershave op mijn lijstje gezet?'

'Jawel, maar...'

'Maar?'

'Maar dat hadden we je met je verjaardag ook al gegeven, dus...'

'O, nou...' Hij haalde zijn schouders op en gooide de stropdas terug in zijn schedelpan. 'Dankjewel.'

Ik volgde Charlotte naar haar kamer en wist haar na een minuut of tien over te halen weer naar beneden te gaan, waar mijn vader, daar vertrouwde ik op, inmiddels de wind van voren had gekregen. Toen ze met behuild gezicht de huiskamer binnenkwam, zei hij: 'Sorry meisje, zo bedoelde ik het niet. Het was maar een grapje!'

Charlotte gaf geen antwoord.

Het gezellig avondje werd voortgezet.

Op het moment dat Anna de door mij geknutselde stoomboot pakte, die op de voorsteven haar naam droeg, leek mijn vader te schrikken.

Anna trok het opgerolde gedicht uit de schoorsteen. De stoomboot had ik met tegenzin gemaakt, maar aan het rijmen had ik veel plezier beleefd.

'Jongens,' zei mijn vader.

'Wat is er nou?' vroeg mijn moeder.

'Dan heb ik toch een surprise voor de verkeerde gemaakt!'

Mijn moeder slaakte een zucht. 'Ga maar door, Anna.'

Het geluk lachte mijn zus toe: zij incasseerde twee surprises, twee gedichten, twee cadeaus. Nu was de vraag wiens naam mijn vader dan wél had getrokken. Die zou, als de laatste surprise was uitgepakt, met lege handen staan.

Dat bleek ik.

Mijn vader verontschuldigde zich. 'Ik maak het goed bij je, dubbel en dwars. Dat weet je toch wel?'

Vergissen is menselijk, dacht ik. Mijn vader had als bankdirecteur natuurlijk veel aan zijn hoofd. En het was ook niet zo dat ik helemaal geen cadeaus kreeg, want even later droegen mijn ouders, omcirkeld door een springende Orlov, een tot over de rand met pakjes gevulde wasmand de kamer binnen, die Sinterklaas zogenaamd in de bijkeuken had gezet. De volgende dag, toen het nieuwe al een beetje van mijn cadeaus af was, prees ik me zelfs gelukkig omdat ik als enige nog iets tegoed had.

Een week verstreek. Ik herinnerde mijn vader voorzichtig aan het feit dat hij op de surprise-avond in gebreke was gebleven.

'Weet ik, weet ik… Maar het kost tijd om een goed gedicht te schrijven!'

Een tweede week verstreek.

Ik zat in de huiskamer te lezen toen mijn vader, net thuisgekomen van kantoor, in het voorbijgaan iets op mijn schoot liet glijden.

'Dit had je nog tegoed,' zei hij.

Het was een schaakboekje. Dat stond op mijn verlanglijstje. Er zat geen gedicht bij. Het was zelfs niet ingepakt, terwijl hij daar in de winkel alleen maar om had hoeven vragen.

Ik was verbijsterd.

'Aan tafel!' riep mijn moeder.

# 33

Op de laatste schooldag van het jaar hoorde ik Esther tegen Claudia van Schaijk zeggen dat ze naar Oostenrijk zou gaan, twee weken wintersport, en door die opmerking begon mijn kerstvakantie in mineur. Wetend dat ze ver weg was, te druk bezig met vallen en opstaan in de sneeuw om aan mij te denken, zou ik me ongetwijfeld diep eenzaam voelen. Ook Pieter zou ik een tijdje moeten missen, want mijn ouders hadden besloten dat ik tussen Kerstmis en Oud en Nieuw bij mijn tante in Geldrop zou logeren.

'Kerstmis wordt zwaar overschat,' had Pieter gezegd. Op zulke momenten hoorde ik zijn oudere broers spreken. Ik kon me niet voorstellen dat hij meende wat hij zei, dat de feestverlichting op school en in de straten hem werkelijk koud liet. Voor mijn huis namen we afscheid, nadat we hadden afgesproken in de eerste week van 1979 een schaaktweekamp over vijf partijen te spelen, waarvan we de zetten officieel zouden noteren, terwijl de schaakklok die Pieter op 5 december had gekregen onze bedenktijd wegtikte.

Op mijn kerstrapport stonden vijf negens.

'Zeg me alsjeblieft dat die zeven voor wiskunde een vergissing is,' zei mijn vader. In de laatste proefwerkweek had ik mijn cijfer voor dat vak met veel moeite nog een draaglijk aanzien weten te geven. Ik beloofde mijn vader beterschap.

Op zaterdag – twee dagen voor kerst – gingen we een kerstboom kopen. Waarom zo laat? Het was net alsof mijn ouders dit jaar door de feestdagen overvallen werden. De boom die we bemachtigden was teleurstellend klein, en met het optuigen waren we snel klaar.

Op kerstavond hing er een vreemde, bedrukte sfeer in huis. Ik weet dat aan het feit dat we Kerstmis voor de eerste keer zonder oma vierden.

Op eerste kerstdag verzamelden we ons voor de televisie om naar de rechtstreekse uitzending vanuit het Vaticaan te kijken. 'Moet dat echt?' vroeg Anna. 'We zijn gisteravond toch naar de kerk geweest?'

'Wil jij dan de nieuwe paus niet zien?' antwoordde mijn moeder.

Kort na oma was ook de door haar bewonderde paus overleden. Zijn opvolger had na een regeerperiode van 33 dagen reeds de geest gegeven. Nu was er een Pool gekozen. 'Ik heb zo'n voorgevoel,' zei mijn vader, 'dat deze het ook niet lang volhoudt.'

'Laten we dan maar voor hem bidden,' antwoordde mijn moeder.

We ontvingen de pauselijke zegen.

Na eerste kerstdag kroop tweede kerstdag voorbij. Mijn vader legde een haardvuur aan, dat slecht brandde. Rook dreef de kamer in, versuft studeerde ik op de weerlegging van het Koningsgambiet.

Op 27 december leverden mijn ouders me bij mijn oom en tante in Geldrop af. Ze woonden in de wijk Bosrand; inderdaad begon aan het eind van de straat een bos, waar de Kleine Dommel doorheen stroomde. Tante Kristien, de oudste zus van mijn moeder, was verpleegster in het ziekenhuis van Eindhoven. Oom Frans, een statige, knappe man, was natuurkundige en werkte bij Philips. Ik wist nooit een goed antwoord op de grappen die hij onophoudelijk maakte. Bedeesd schudde ik de hand van mijn neven Albert en Niels, die ik mijn hele leven al op afstand adoreerde. Ze waren zestien en veertien jaar oud. Albert beoefende karate, Niels was de judoka wiens pakken ik afdroeg.

Albert hardde zich door met zijn blote vuist tegen muren te slaan. Ik vroeg hem het voor te doen. 'Nu even niet,' zei hij, maar hij demonstreerde wel een paar flitsende, hoge trappen in het luchtledige.

'En weet je wat ik doe wanneer er iemand met een mes op me afkomt?'

Ik wist het niet.

'Dan loop ik hard weg!' lachte hij.

Mijn bewondering voor hem kende geen grenzen toen hij de degen liet zien die als decoratie aan de muur van zijn slaapkamer hing. Ik kreeg het wapen zelfs in de hand en voelde me heel even een musketier. Niels kwam binnenlopen met een houten kistje dat twee in groen fluweel verzonken duelleerpistolen bevatte. Hij had het van zijn spaargeld gekocht. Ik vroeg of het antiek was. 'Min of meer,' antwoordde hij.

Behalve van vechtsport en wapens waren mijn neven bezeten van ruimtevaart. Ze vertelden dat de NASA een 'Space Shuttle' gebouwd had, een ruimtevaartuig dat opsteeg als een raket maar landde als een vliegtuig, zodat het hergebruikt kon worden. Momenteel werden de astronauten die het moesten bemannen opgeleid, de eerste vlucht zou over een paar jaar plaatsvinden, en daarmee zou het exploreren van de ruimte pas goed beginnen.

'Waar die buitenaardse wezens ook uithangen, we zullen ze vinden,' zei Niels vastberaden.

Ik aarzelde. 'Geloven jullie daar dan in?'

'Ze zullen er niet uitzien als marsmannetjes,' zei Albert terwijl hij zijn wijsvingers even als friemelende voelsprieten op zijn hoofd zette, 'maar het heelal is zo gigantisch groot dat het wel heel vreemd zou zijn als wij de enige intelligente levensvorm waren, nietwaar?'

De broers bestookten me met wetenswaardigheden. 'Stel dat de zon nu uitdooft, hoe lang duurt het dan voordat het op aarde donker wordt?' vroeg Niels.

Wetend dat in het heelal alles op grote schaal gebeurde, gokte ik: 'Tienduizend jaar?'

'Acht minuten.'

Ik maakte kennis met de muziek van Pink Floyd, de favoriete popgroep van Albert. Bijzonder gehecht waren de broers aan een elpee waarop de herkenningsmelodieën van sciencefictionfilms en -televisieseries waren verzameld, zoals Star Wars, Star Trek en Doctor Who. Het wijsje van die laatste serie bezorgde me koude rillingen, hoewel het al jaren geleden was dat de wetenschapper met zijn gebreide sjaal, tijdreizend in een blauwe telefooncel, op televisie te zien was geweest.

Albert en Niels hadden een flinke stripverzameling. Ik viel als een blok voor *Erik de Noorman*, onder meer vanwege de fraai geproportioneerde vrouwelijke personages, ingesnoerd in hun middeleeuwse tunieken. Doordat ik dagelijks uren zat te lezen, liep ik mijn neven niet voor de voeten. We konden trouwens goed met elkaar overweg; er trad slechts een tijdelijke bekoeling in de betrekkingen op nadat ik hen met een onschuldig gezicht tot een partijtje schaak had verleid, en eerst Niels en vervolgens ook Albert verpletterend had verslagen.

Halverwege de week voegde Fausto zich bij ons. Omdat tante Simone er weinig voor voelde de rest van haar leven zwarte kleding te dragen, zoals haar schoonfamilie in Calabrië eiste, was ze met Fausto en Graziella definitief naar ons land teruggekeerd, en mijn neef was met een flinke leerachterstand in de eerste klas van de mavo geplaatst. Sinds hij in Nederland woonde leek hij meer op een Italiaan dan ooit; hij zag eruit als een heel jonge John Travolta. Zijn nonchalante houding stond hem vooral zo goed omdat hij die niet kon volhouden – hij was namelijk ontzettend onhandig, iets wat ik me niet van hem herinnerde. Met een onbewogen gezicht de stoere bink uithangen, handen in de zakken, ging bij hem samen met struikelen over zijn eigen benen, en hij was de eerste die om die tegenstrijdigheid kon lachen. Ten gevolge van een gen dat kennelijk in de familie rondwaarde, was ook hij ondertussen aan astronomie, ruimtevaart en sciencefiction verslingerd geraakt. 's Avonds bespioneerden we gevieren het uitspansel. De sterren en planeten die we zagen, waren precies dezelfde die de Egyptenaren duizenden jaren geleden al hadden beschreven, legden mijn neven me uit, en over nog eens duizenden jaren zou de hemel er niet anders uitzien. De hemellichamen bewogen zich immers in een eeuwig patroon. Om beurten namen we een kijkje door Alberts telescoop.

'Dat geeft te denken, hè?' zei hij.

Ik trok een nadenkend gezicht.

We gingen naar de vliegende schotel van het Evoluon in Eindhoven, en vandaar naar een bioscoop waar een sciencefictionfilm draaide. Het verhaal speelde zich af op een kolonie van de aarde in een afgelegen sterrenstelsel, verder begreep ik er niet veel van. Het was de eerste keer dat ik in een bioscoop kwam, en toen de duisternis me als een beschermende bol omringde, kreeg ik een prettig gevoel, bijna een ervaring van gewichtloosheid, omdat ik tussen een heleboel mensen was zonder gezien te worden.

In het huis van mijn oom en tante sliepen Fausto en ik op zolder, en we lagen 's avonds nog lang te fluisteren in onze slaapzakken. Wanneer Fausto was uitgepraat over Charlie's Angels zinspeelde hij op dingen in de liefde die hij had meegemaakt, of waar hij getuige van was geweest, of waarover hij alleen maar had horen spreken, dat was niet helemaal duidelijk. In ieder geval vond ik het heerlijk te luisteren naar de vaagheden die hij in het donker opdiste. Hij moest vaak naar woorden zoeken omdat hij van zijn vijfde tot zijn twaalfde weinig Nederlands had gesproken. Soms nam hij zijn toevlucht tot verrassende archaïsmen.

'En toen zag ik het,' fluisterde hij.

'Wat zag je?' fluisterde ik terug.

'Ik zag haar... haar... Hoe noemt het? Zo'n wit ding...'

Een wit ding? Bedoelde hij wat ik dacht dat hij bedoelde? In het donker leek de stilte dieper. Ik dacht dat Fausto het bonzen van mijn hart kon horen.

'Zo'n... zo'n... bustehouder!' stootte hij uit.

Doordat hij dat kledingstuk niet met de gebruikelijke afkorting maar onverwacht met zijn volledige naam aanduidde, was het alsof er plotseling een lichtstraal uit de ruimte op viel. Ik zag helder voor me welke taak het uitoefende, welke steun het bood, en toen we even later allebei zwegen, verhit, verrast door de schaamteloze wending die ons gesprek genomen had, hing het stuk ondergoed nog lange tijd oogverblindend tussen ons in, wapperend aan de waslijn van mijn verbeelding.

Behoedzaam ging ik verliggen op mijn luchtbed.

Marinka droeg ongetwijfeld een bustehouder.

# 34

Misschien was het Fausto's aanwezigheid die maakte dat ik op de donkere zolder uitstekend sliep. En wanneer het aarzelende winterlicht door het dakraam kwam, draaide ik me nog eens om en verheugde me op de nieuwe dag. De stemming in huis was altijd opgewekt. Vooral aan tafel vond ik het gezellig, omdat Albert en Niels de gewoonte van onafgebroken grappenmakerij van hun vader hadden overgenomen.

Mijn tante zette een pan met aardappelen op tafel en zei tegen Albert, voordat ze zich omdraaide om de volgende pan uit de keuken te halen: 'Albert, schep jij vast op?'

Mijn neef leunde achterover, sloeg zijn armen over elkaar en zei met een fijn lachje om zijn lippen: 'Ik ben geweldig knap, ik haal tienen op school, ik ben verschrikkelijk grappig…'

Fausto en ik lagen dubbel.

Tante Kristien lachte zelden om de geestigheden die over tafel vlogen; kennelijk was ze daar door langdurige blootstelling immuun voor geworden. Ze ergerde zich er evenmin aan. Ze reageerde onverstoorbaar, zelfs toen mijn oom een grap iets te uitbundig vertelde en daarbij zijn glas witte wijn omstootte. 'Gelukkig is het geen rode,' zei ze kalm, en bood hem haar eigen glas aan.

Op 31 december pakte ik met tegenzin mijn koffer. Ik benijdde Fausto, die nog enkele dagen zou blijven. Er was afgesproken dat mijn ouders me rond het middaguur zouden ophalen, maar om drie uur waren ze nog altijd niet verschenen. Mijn tante had naar ons huis gebeld en er was niet opgenomen, zodat we moesten aannemen dat mijn ouders samen met mijn zussen onderweg waren. Naar de oorzaak van hun vertraging hoefden we niet te raden: de lichte sneeuwval van gisteravond was in de loop van de nacht overgegaan in een sneeuwstorm, er lag een flink pak op straat, en toen mijn oom de radio aanzette, hoorden we dat de wegen onbegaanbaar waren, dat automobilisten strandden in enorme sneeuwduinen die door de wind werden opgeworpen. En in dat weer waren mijn ouders en zussen naar mij op weg.

Ik voelde afwisselend hoop en vrees. Wat ik vreesde was een ongeluk; waar ik op hoopte was een telefoontje van mijn moeder, om te vertellen dat ze halverwege de reis het zinloze van hun poging hadden ingezien en rechtsomkeert hadden gemaakt, dat ze veilig waren thuisgekomen, en dat er tot haar grote spijt niets anders op zat dan dat ik bleef waar ik was. In dat geval zou ik een juichkreet moeten bedwingen.

Naarmate de tijd verstreek, groeide mijn angst. Mijn tante probeerde me gerust te stellen terwijl ik voor het raam de sneeuwjacht stond in te turen, maar slaakte zelf toch ook een zucht van verlichting toen onze auto eindelijk, tegen vieren, verscheen. Mijn opluchting maakte al snel plaats voor irritatie vanwege de strakke gezichten waarmee mijn ouders en zussen uit de wagen stapten. Zij op hun beurt leken mij kwalijk te nemen dat ze voor mij zo'n riskante reis hadden moeten ondernemen.

Terwijl mijn moeder me kort omhelsde zei ze: 'Staan je spullen klaar? We moeten zo weer weg, voordat het helemaal donker is.' Tegen haar zus zei ze: 'Vooruit, één kopje dan.'

Mijn vader deed mijn oom omstandig verslag van zijn poolexpeditie zonder sneeuwkettingen. Het leek me dat hij de doorstane gevaren en zijn stuurmanskunst een tikje overdreef, maar mijn moeder viel hem bij: 'Links en rechts stonden de auto's aan de kant. En direct vóór ons raakte er een in een slip.'

Meteen na de koffie stapten we op. Terwijl mijn vader het ijs van de autoruiten krabde, bedankte ik mijn oom en tante, en schudde mijn drie neven triest de hand. Toen ik nog een keer omkeek, stak Fausto zijn duimen op, zoals Fonzie altijd deed.

In de auto was de temperatuur ver onder het nulpunt gedaald, er kwamen ademwolkjes uit onze mond. 'Op hoop van zegen,' zei mijn vader, en draaide voorzichtig de straat op. De tegenzin waarmee ik vertrok was maar al te zichtbaar, en mijn moeder zei vinnig vanaf de voorbank: 'Wil je niet zo chagrijnig kijken. Voor jou zijn we uren onderweg geweest.'

'Voor mij had het niet gehoeven,' kaatste ik terug. Toen ik mijn moeders diep gekwetste blik in de zijspiegel zag, speet het me onmiddellijk. Een beladen stilte trad in. Mijn vader reageerde niet, die had al zijn aandacht nodig om te sturen.

Mijn ouders hadden de verkeerssituatie niet overdreven. Heel wat auto's stonden langs de weg, met de neuzen in verschillende richtingen. Sommige gestrande reizigers deden pogingen hun wagen uit te graven en weer op gang te krijgen, maar de meeste auto's waren verlaten, de hulpdiensten zouden toch niet arriveren. We gingen niet harder dan dertig kilometer per uur. De zijruiten zaten al snel weer dicht met ijsbloemen, ondanks de loeiende verwarming, en een paar keer moest mijn vader stoppen om met een oude lap de voorruit en de ruitenwisserbladen schoon te vegen. Het ijs droop van zijn jas wanneer hij weer achter het stuur plaatsnam. Er viel geen nieuwe sneeuw meer, maar het zicht bleef slecht doordat de storm de vlokken onophoudelijk opjoeg. Een paar keer voelden we hoe de banden grip op het wegdek verloren, hoe we stuurloos raakten, maar telkens wist mijn vader ons voor onheil te behoeden. Het voordeel van al dat vastgelopen verkeer was dat we de weg praktisch voor ons alleen hadden.

Na mijn botte opmerking had niemand nog een woord gesproken. Anna wierp me op de achterbank af en toe een verwijtende blik toe. Zij en Charlotte hadden de afgelopen dagen bij tante Sophie in Helmond gelogeerd, maar waren gisteren al teruggekomen.

Het was een wonder dat we veilig thuiskwamen. Orlov begroette ons dol van vreugde, alsof hij er al niet meer op gerekend had. Op de deurmat lag sneeuw die door de brievenbus was gewaaid.

Om twaalf uur wensten we elkaar wel gelukkig Nieuwjaar, maar plichtmatig en bedrukt. Vreemden op straat zouden hartelijker tegen elkaar zijn geweest. Vanbinnen was ik woedend omdat ze me voor deze ongezellige toestand bij mijn oom en tante vandaan hadden gehaald. Tegelijkertijd voelde ik me schuldig omdat het mijn stil verzet was, dat de sfeer verpestte. En dat schuldgevoel maakte me dan weer woedend.

Buiten was de feestvreugde ook nogal getemperd. Kennelijk hield de kou veel mensen binnen, en de vers gevallen sneeuw dempte het weinige vuurwerk dat afging. Om kwart over twaalf lag ik in bed, en om halfeen verdween de streep licht onder mijn kamerdeur.

De volgende ochtend hoorden we op de radio dat het 's nachts twintig graden had gevroren. Hele dorpen waren door de sneeuw ingesloten. We lieten de auto staan en gingen te voet naar de kerk, die halfleeg bleef.

'Hoe klein wij tegenover U zijn, Heer,' begon de pastoor zijn preek, 'dat bleek ook gisteren weer, toen wij met onze auto's van de rechte weg raakten en ons in nood bleken te vinden, in verschrikkelijke verlatenheid.' Hij moest moeite doen zijn triomfantelijke toon te bedwingen. 'Zoveel technisch vernuft steken wij in de fabricage van onze voertuigen, en één enkele sneeuwbui van Uw hand volstaat om ons tot stilstand te brengen…'

Ja, daar had hij toch gelijk in.

Tegelijk met de zegen daalde Gods vrede over me neer en op de terugweg, met de knerpende sneeuw onder mijn laarzen, begon ik me voor het eerst sinds gistermiddag weer wat opgewekter te voelen. Toen we naar het nieuwjaarsconcert in Wenen hadden gekeken, stelden mijn ouders voor monopoly te spwelen. We geloofden onze oren niet, want ze hadden allebei een hekel aan gezelschapsspellen, die ze tijdverspilling vonden. We meenden dan ook te moeten waarschuwen dat monopoly uren in beslag kon nemen, maar ze waren vastbesloten, en de hele middag brachten we aan de eettafel door, koortsachtig bezig met het kopen en doorverkopen van straten, die we vol huizen en hotels zetten om elkaar naar behoren uit te schudden.

'Zien jullie nou hoe leuk dit is,' riep ik. 'Dit moeten we vaker doen!'

Mijn vader was lang aan de winnende hand. Hij was in een uitstekend humeur en leende me zelfs een flink bedrag waarmee ik mijn bankroet een tijdje kon uitstellen. Uiteindelijk was het zoals altijd Anna die met haar sluwe onderhandelingstactiek aan het langste eind trok.

De schemering was gevallen, we hadden de lamp aangedaan. Ik keek op en zag in de spiegel van het keukenraam, waarvan het gordijn nog niet gesloten was, een gelukkig gezin aan tafel zitten.

# 35

De volgende dag was een dinsdag. We hadden allemaal nog vakantie, behalve mijn vader. Die avond, nadat hij van kantoor was gekomen en we gegeten hadden, zei mijn moeder: 'We moeten jullie iets vertellen.'

Op dat moment wist ik genoeg.

'Jullie vader en ik hebben er lang over nagedacht, en we hebben besloten te gaan scheiden.'

We hadden eenvoudig gegeten, maaltijdsoep met stokbrood. Er was een kruimel op mijn moeders bovenlip blijven zitten, vlak bij haar mondhoek.

'Jullie hebben wel gemerkt dat we het vaak niet eens zijn, dat we vaak ruzie hebben.'

Ik kon mijn ogen niet van die broodkruimel afhouden. Het was alsof ik er door een vergrootglas naar keek.

'Het is niet goed als er altijd onrust in huis is. We hebben ons best gedaan ruzies te vermijden, maar we zijn gewoon…' Ze slikte. 'We verschillen te veel van elkaar, soms kom je daar pas na een tijdje achter.'

Ze keek mijn vader aan.

'We denken dat een scheiding de beste oplossing is,' vervolgde ze, 'niet alleen voor ons, maar ook voor jullie.'

Ik begon me heel ongemakkelijk te voelen: ik zag een mond op de plaats waar een moment geleden mijn moeder nog had gezeten.

'Jullie zullen het nu misschien nog niet begrijpen, maar later…'

Anna viel uit: 'Heeft een van jullie soms een ander?'

Om een of andere reden keken we allemaal naar mijn vader. Die begon te lachen. 'Ik? Een ander? Hoe kom je daar nou bij? Ik zou niet weten wie!' Hij nam zijn servet en was geruime tijd bezig zijn mond af te vegen. Ik zou willen dat mijn moeder dat ook deed. Toen gooide hij het servet neer en zei: 'Het was gewoon een vergissing te trouwen, en dat hebben we nu...'

'Je vader bedoelt,' zei mijn moeder snel, 'dat we maar kort verloofd zijn geweest. Misschien kenden wij elkaar nog niet zo goed toen we trouwden.'

'In die tijd ging dat vaak zo,' zei mijn vader.

Anna snoof minachtend.

'Jullie zullen zelf moeten uitmaken of je bij mij wilt wonen of bij je vader. Ik kan me voorstellen dat je daar een nachtje over wilt slapen.'

'Ik weet het nou al,' zei Anna.

'O ja?'

'Ik blijf bij jou.'

Mijn moeder plooide haar lippen in een dankbare glimlach, maar ik wist dat ze absoluut niet verbaasd was. 'En jij? Weet jij het ook al?' vroeg ze mij.

Ik probeerde te spreken, maar mijn keel was toegesnoerd, er kwam eerst geen geluid uit. Toen lukte het me te zeggen: 'Daar! Je hebt daar iets zitten!' Ik wees met een vinger, die hevig bleef te trillen, naar de kruimel op mijn moeders bovenlip. Met een verbaasde blik pakte ze haar servet en veegde haar mond af.

'Je hoeft nog niet te beslissen,' zei ze. 'Denk er maar rustig over na. En jij, Charlotte?'

Mijn zusje staarde naar het tafelkleed terwijl ze als gehypnotiseerd met de muis van haar rechterhand over haar rechter jukbeen boende – het gevreesde nerveuze gebaar.

'Charlotte?' vroeg mijn moeder zacht.

Mijn zusje bleef boenen.

'Ik denk,' zei mijn moeder, 'dat Charlotte het liefst bij mama blijft.'

Geen reactie.

'En anders dan horen we het nog wel.'

'En Orlov?' zei Charlotte tot mijn verrassing.

'Orlov gaat naar mij,' zei mijn vader onmiddellijk.

'Wat zeg je nou? Daar hebben we het toch over gehad? Dan moeten alledrie de kinderen de hond missen, en de hond zit zich te vervelen omdat jij de hele dag op kantoor bent. Hoe kom je daar nou bij?'

Mijn vader wist daar niets tegen in te brengen. Hij keek peinzend voor zich uit.

Anna stond abrupt van tafel op. Even later klonk de dreun van haar kamerdeur. Ik stond versteld van haar lef.

'Is dat nou nodig?' zei mijn vader tegen niemand in het bijzonder.

Ik keek mijn moeder vragend aan. Ze knikte. Charlotte en ik gingen van tafel. Mijn zusje rende voor me uit de trap op en draaide haar kamerdeur achter zich in het slot. Dat verbaasde me. Ik klopte zachtjes aan. Toen ik geen antwoord kreeg, ging ik naar mijn eigen kamer, waar ik op bed ging zitten. Het duizelde me. Er was iets ergs gebeurd. Maar het leek niet echt gebeurd. Het zou pas echt worden als ik erover nadacht.

Dus probeerde ik uit alle macht aan iets anders te denken. Aan Esther. Aan haar lekker ruikende haren, waar ik tijdens het schuifelen bijna een kus op gedrukt had. Het was nu een jaar geleden dat ik haar voor het eerst gezien had, op rolschaatsen, in trainingspak en met een muts op, waar die donkere haren onderuit kwamen. Naderhand was ik meegegaan naar haar huis, waar een merkwaardige sfeer van verlatenheid had gehangen. Ik wist toen nog niet dat ze er alleen met haar vader woonde, omdat haar ouders kort daarvoor…

Ik kon beter aan mijn logeerpartij in Geldrop denken. De grappen van Albert en Niels. En de gefluisterde gesprekken met Fausto op zolder. Fausto was altijd vrolijk, terwijl hij geen vader meer had. Ik had nog wel een vader; ik zou hem alleen niet vaak meer zien…

Natuurlijk! Mijn zussen en ik waren niet voor niets uit logeren gestuurd. Mijn ouders hadden de vrijheid willen hebben om te praten, elkaar in de haren te vliegen, en uiteindelijk dat fatale besluit te nemen.

En plotseling begreep ik ook waarom ze mij dwars door een sneeuwstorm van mijn logeeradres hadden willen ophalen, waarom ik er op oudejaarsavond tot elke prijs bij moest zijn: het was de laatste jaarwisseling die we samen zouden vieren. De tranen sprongen in mijn ogen, toen ik dacht aan wat ik in de auto had gezegd.

'Voor mij had het niet gehoeven.'

# 36

Toen ik de volgende ochtend wakker werd, wist ik meteen dat er iets verschrikkelijks gebeurd was, maar het duurde een paar tellen voordat me te binnen schoot wat precies.

Mijn vader was al naar zijn werk. Van het gezicht van mijn moeder, die schijnbaar doelloos door het huis liep, viel af te lezen dat ze veel gehuild had. Waarom zou ze huilen, dacht ik ijzig; ze mocht blij zijn dat ze straks van mijn vader af was.

Mijn moeder had tegen me gelogen. Ze had gezegd dat alle ouders wel eens ruzie maakten. Dat had niets te betekenen, daar moest ik me vooral geen zorgen over maken. En ze had laten zien dat haar trouwring niet eens van haar vinger kon! Hoe moest dat straks?

Nu ik mijn moeders verdriet zag, kreeg ik weer wat hoop. Mijn ouders hadden een beslissing genomen, maar een beslissing kon teruggedraaid worden. Het hele idee om ons gezin op te breken was te gek voor woorden, het zou iedereen alleen maar ongeluk brengen, en het moest mogelijk zijn mijn ouders daarvan te overtuigen. Ik voelde een kracht waar het me gisteravond aan ontbroken had. Ik had het te somber ingezien. Zo verschrikkelijk kon het leven niet zijn. Je allerergste angst kwam nooit uit – andere angsten wel natuurlijk, maar niet je ergste, dat liet God niet toe. Op een dag wakker worden en weten dat je vader niet meer thuis woonde, dat was ondenkbaar, net zoiets als een telescoop op de hemel richten en merken dat Jupiter ertussenuit was geknepen.

Ik zou het allemaal wel oplossen.

Om mijn strategie te bepalen moest ik eerst weten wie de grootste voorstander van een scheiding was. Mijn moeder zou daarover niets loslaten, maar bij mijn vader, die minder bedachtzaam was, had ik wel een kans achter de waarheid te komen.

Die avond zocht ik hem op in zijn studeerkamer. Hij zat aan zijn kolossale bureau. Ik zag heel duidelijk dat ik hem – voor het eerst in mijn leven – betrapt had terwijl hij niets zat te doen. Hij keek me door zijn bril wat afwezig aan en zei: 'Zo…'

Het bureau was niet tegen een wand geschoven, maar stond vrij in de kamer, zodat je de fraaie panelen aan de achterkant en de zijkanten kon zien. Ik ging tegenover mijn vader zitten, van hem gescheiden door de uitgestrekte, spiegelende vlakte van een bureaublad waar vrijwel niets op stond – op gepaste afstand van de directeur, net zoals de cliënten die hem op kantoor om een lening kwamen vragen. Vanaf zijn veilige oever spoorde hij me met een blik aan ter zake te komen.

'Dus jullie willen scheiden,' zei ik.

Hij nam zijn pen tussen zijn vingers om mee te spelen.

'Nou, willen…' zei hij. 'Een scheiding is niet iets wat je graag wilt. Laten we het zo stellen: we zijn ervan overtuigd geraakt dat het het beste is.'

'Misschien is één van jullie net iets meer overtuigd dan de ander? Het zou toch wel heel toevallig zijn als jullie er precies hetzelfde over dachten?'

Hij glimlachte flauwtjes. 'Als ik links zei, dan zei je moeder rechts. Zo is het altijd geweest. Gék werd ik ervan. Je hebt geen idee.' Hij wierp me een doordringende blik toe, die al mijn vertrouwen in mijn missie wegnam.

'Het is eigenlijk wel een mooie gedachte dat we het nu, aan het eind van ons huwelijk, voor één keer volledig met elkaar eens zijn. Dus om het even te recapituleren' – dat woord gebruikte hij graag –, 'over die scheiding denken wij exact hetzelfde.'

Hij had zijn pen neergelegd en zijn handen gevouwen. Hij keek peinzend over mijn hoofd.

Ik liet hem alleen. Zachtjes sloot ik de deur.

## 37

Twee dagen later verliet mijn vader het huis. Hij huurde aan de andere kant van het dorp een woning die eigendom was van een tijdelijk in Amerika verblijvende zakenrelatie. Hij had dozen met kleren en eerste benodigdheden in de auto gezet, en op vrijdagavond stonden we allemaal in de hal om afscheid te nemen.

Ik aarzelde of ik hem een hand moest geven of omhelzen. Uiteindelijk spreidde ik mijn armen uit, maar hij negeerde dat gebaar. 'Het is geen afscheid voor eeuwig,' zei hij nuchter, en drukte zijn wang tegen de mijne. Hij had gelijk, er was afgesproken dat we hem zondag over een week weer zouden zien. Ook Anna en Charlotte kregen een kus. Mijn moeder, die met over elkaar geslagen armen en opgetrokken schouders stond, zond hij een kushandje, maar daar reageerde ze niet op.

'Kom eens hier, jongen,' zei mijn vader tegen Orlov, die kwispelend tussen ons door trippelde. Hij knielde bij de hond neer, trok met een tedere vinger de lijn van de zijdezachte snuit door tussen de grote, donkere ogen, en klopte hem daarna stevig op de schouder. 'Je knieën,' kon mijn moeder niet nalaten op te merken, want ze had er altijd een hekel aan wanneer zijn geperste broek bij de knieën ging lubberen. Toen hij overeind kwam, waren zijn ogen vochtig. 'Goed, dan gaan we maar,' zei hij.

Hier in de hal was zijn woedende uitroep 'Ik ben weg!' meermaals opgestegen naar de overloop, waar mijn zussen en ik verscholen in het schemerduister stonden te luisteren.

Nu zei hij zacht: 'Tot ziens.' Ik wilde hem helpen door zijn koffer, die nog in de hal stond, te dragen, maar hij hield me tegen. 'Het lukt wel.' Hij liep het trapje af en verdween achter de deur die naar de garage leidde. Even later hoorden we de auto wegrijden.

Charlotte ging naar boven. Ik was opgelucht dat het gevreesde afscheid zo beheerst was verlopen.

Bij Anna informeerde ik of ze plannen had naar mijn vaders studeerkamer te verhuizen. Ze keek me geschokt aan. Ik liep naar mijn moeder, die in de keuken bezig was. 'Vind je het goed als ik papa's studeerkamer neem?' vroeg ik. 'Nu hij…' Ik maakte een achteloos gebaar, alsof ik iets terzijde schoof.

'Denk jij echt…' Van woede hapte ze naar adem. Haar ogen waren nog donkerder dan anders. 'Denk jij echt dat dit het moment is om zoiets te vragen?'

'Jezus Christus!' riep ik uit. Ik had geen idee waar dat vandaan kwam; ik had de naam van God nog nooit misbruikt. Ik wilde de keuken uit lopen, maar mijn moeder volgde me snel en sloeg haar armen van achteren om me heen. Bewegingloos, gevangen, stond ik naar de secondenwijzer van de keukenklok te kijken. Ik voelde tranen in mijn nek druppen. Ik wachtte tien seconden, twintig seconden, een eeuwigheid, voordat ik haar handen pakte, me voorzichtig uit haar omhelzing bevrijdde, en wegliep.

# 38

Al na een week kreeg iedereen genoeg van het slippen en glijden over het dek van sneeuw en ijzel. Op de eerste schooldag van 1979 vertrok ik ruim op tijd van huis, tegelijk met Oscar. We gingen in de eerste bocht met onze fietsen onderuit. Na nog een paar smakken vond ik het welletjes en ging lopen met de fiets aan de hand. 'Maar dan komen we te laat,' zei mijn buurjongen. 'Kan me niet schelen,' foeterde ik. Het klonk stoer, maar het kon me echt niet schelen. 'Dan zie ik je op school. Ik zal zeggen dat je onderweg bent,' zei Oscar. Dapper fietste hij verder; met slechts twee valpartijen bereikte hij de volgende hoek, waarna hij uit het zicht verdween.

Halverwege besloot ik, zelf verbaasd over mijn rebellie, dat de school me geen blauwe plekken waard was en keerde om. Ik vond het jammer dat ik Pieter niet zou zien, maar het was de vraag of mijn vriend de school zou bereiken, want de bus tussen Driekerken en Beukeloo was wegens de weersomstandigheden uit de dienst genomen. En Esther? Gisteravond had ik haar langs ons huis zien glibberen, met een witte muts diep over haar hoofd getrokken. Ze keek niet op of om.

Toen ik als een halve spijbelaar thuiskwam, zag ik tot mijn verrassing een zwarte specht in het bos. Ik kreeg zelfs de tijd mijn verrekijker te halen en scherp te stellen op de grote vogel met zijn rode kruin, die duidelijk afstak tegen de groene stam waarop hij steunde, en tegen de met sneeuw beladen naaldtakken rondom. Het was voor het eerst dat ik een zwarte specht zag. Het was een schitterende vogel, maar op het moment dat ik mezelf dat hardop hoorde zeggen, realiseerde ik me dat ik niet langer door vogels geobsedeerd was. Dat vervulde me met spijt.

Ik zette natuurlijk wel een potloodkruisje bij de illustratie van de zwarte specht in mijn vogelgids.

Het boek viel nog altijd open bij de havik.

Later zag ik Oscar hinkend in de straat verschijnen; ik deed haastig mijn jas aan en liep naar buiten. Er zat een grote slag in het voorwiel van zijn fiets, die hij aan de hand meevoerde. Ik vroeg of het ging. 'Ja hoor,' zei hij.

'Ben je niet op school geweest?'

'Jawel.' Hij wreef met een pijnlijk gezicht over zijn elleboog. 'We hebben ijsvrij.'

Ik deed mijn best niet triomfantelijk te kijken.

'Nou, tot morgen,' zei Oscar. Hij liep verder. Ik hoorde het wiel tegen de remblokjes schaven.

'Hebben we morgen geen ijsvrij?'

'Weet ik niet.'

'Is het erg met je fiets?' riep ik over de heg.

'Mijn vader repareert hem wel.'

Rond het middaguur belde een secretaresse van school, die mededeelde dat de verwarming kapot was gevroren; pas overmorgen werd iedereen weer verwacht.

Ik zette de radio aan. In het hele land ondervond het verkeer ernstige hinder van ijzel.

Mijn moeder was 's ochtends met de auto naar Ravenstein vertrokken. Ik stelde me de ijsbaan voor waarin de provinciale weg was veranderd, de rij onverzettelijke beuken erlangs.

Tegen halfzes kwam mijn moeder veilig thuis.

Nadat ik voor het avondeten was geroepen, liep ik de trap af. In de hal zat Orlov – rechtop, met gespitste oren. Zijn etensbak was onaangeroerd.